杨久英

著

# 墨韵
# 地铁

中国文史出版社
CHINA CULTURAL AND HISTORICAL PRESS

图书在版编目（CIP）数据

墨韵地铁／杨久英著．—北京：中国文史出版社，
2019.6

ISBN 978 - 7 - 5205 - 1153 - 7

Ⅰ．①墨… Ⅱ．①杨… Ⅲ．①散文集 - 中国 - 当代
Ⅳ．①I267

中国版本图书馆 CIP 数据核字（2019）第 131435 号

责任编辑：金硕

出版发行：**中国文史出版社**

社　　址：北京市海淀区西八里庄 69 号院　　邮编：100142
电　　话：010 - 81136606　81136602　81136603　81136605（发行部）
传　　真：010 - 81136655
印　　装：北京温林源印刷有限公司
经　　销：全国新华书店
开　　本：787×1092　1/16
印　　张：11
字　　数：140 千字
版　　次：2019 年 8 月北京第 1 版
印　　次：2019 年 8 月第 1 次印刷
定　　价：38.00 元

# 序

　　"墨韵地铁"是一部书写心路历程的回忆，是一部人生过往的感悟。文风诙谐洒脱，用情用心泼墨，内容丰富多彩，开卷必然有益。

　　此书分为三部分：一是花如雪，二是疏雨过，三是暗尘飞。从不同角度阐述了对人生的追求和价值取向。呈现在我们面前的，对生活的态度是自然顺从和小确幸。追求"虚心竹有低头叶，傲骨梅无仰面花"的思想境界，信奉老子"光而不耀"和"澄清缄默"的人生意境。对弱者的态度是"为鼠常留饭，怜蛾不点灯"的同情怜悯与激励。感悟人生轨迹是个圆，有徘徊时，终须抉择一瞬间。别太把自己当棵葱，珍惜时光，执着坚持永不言败。待人处事"宽而勿察"，坚守"我还好，你也保重"即为别人活，更为自己活的人生态度。阐述人生的颜色不是非白即黑，灰色别有内涵，紫色高贵神秘。婚姻犹如左手和右手，一生相伴到永久。面临坎坷似"带伤疤的向日葵"，胸中不抱残而奋起，志立则神明。对伤痛的态度选择暂时失忆"年来尘事都忘却，只有梅花万首诗"。世路如今已惯，此心到处悠然。崇尚走入大自然，愿阳光洒满人间。

　　作者拥有较丰厚的人生阅历和处世淡泊坦然的心境。她爱好文学，闲时书经历，夜深思感悟。文风朴实，富有内涵，引人深思。是事难得今已得，唯愿读者静心阅。仁者见仁，智者见智。汲取精华，陶冶情操。

任龙喜

二〇一九年三月二十三日 北京

# 目录

## *1* 花如雪

## 2 疏雨过

# *3* 暗尘飞

# *1* 花如雪

约莫香来
倚阑低瞰花如雪
花如雪 盈盈皓月

# 澄静缄默

看过一篇文章，使我陷入沉默。

梁实秋在《沉默》中有一段是这样描述的："我肃客入座，他欣然就席……二人默对，不交一语，壁上时钟滴答滴答的声音特别响。我忍不住，打开一听香烟递过去，他便一支接一支地抽了起来，吧嗒吧嗒之声可闻。我献上一杯茶，他便一口一口地翕呷，左右顾盼，意态肃然。等到茶尽三碗，烟罄半听，主人并未欠伸，客人兴起告辞，自始至终没有一句话。这位朋友，现在已归道山。"

两人应该是怎样的交情才换来如此沉默默契的境界。大凡常人，往往有这样的窘境，和刚刚结识的朋友相处，你总得搜肠刮肚，找话题，接话题，生怕冷场造成怠慢，这类社交多少成了负担。

相识相处愈久，话语愈从口舌进入心灵。彼此基于累积的信任，圆熟的默契失去没话找话的必要。金兰之契的朋友，心心相印的夫妻，多不会为找不到话说而冒汗，是值得留恋的气氛。

其实"沉默"是人最深的感情。

流传已久的日本民歌《北国之春》，"家兄酷似老父亲，一对沉默寡言人。可曾闲来愁沽酒，偶尔相对饮几盅"听之感叹，绝大多数中国家庭的父子关系不就是这个样子吗？

耳熟能详的歌曲《驼铃》，在路漫漫，雾茫茫的征程中，默默无语两眼泪，耳边响起驼铃声。竟有了柳永的《雨霖铃》"执手相看泪眼，竟无语凝噎"的意味。

徐志摩的《再别康桥》"悄悄是离别的笙箫，夏虫也为我沉默，沉默是今晚的康桥"。诗人对康桥的爱恋，对往昔生活的憧憬，对眼前无可奈何的离愁表现得真挚、隽永。

苏轼的词《江城子》"十年生死两茫茫"，他回忆他的妻子王弗死后的十年，回忆他们相见的时候"相顾无言，唯有泪千行"。

沉默不是死寂，不是枯索，沉默中有无尽的生气，有博大的启悟，有真实的拥有。

《世说新语》说："吉人之辞寡，躁人之辞多。"这种"辞寡"并不代表精神贫乏，而是一种临水而思的静观默察，是来自于内心深处的黄钟大吕，于无声处听惊雷。

简媜在一文中，"他惯常沉默，不是因为上了年纪或脾气古怪，而是一种自在清明的沉默，仿佛看多了人，尝遍了事，知道人间是怎么回事，也就不需多言"。

文人传颂的荷花，有"盈盈一水间，脉脉不得语"的品格。亭亭荷花在悠长的夏日里一直沉默着，只有风起时，才传出细如裙裾窸窣的声音。荷的沉默，是因为水下肥沃的泥土，没有喧哗的必要。

喜欢这句话，我喜欢默默被你注视着默默地注视着你，我渴望深深地被你爱着深深地爱着你。

曾多次幻想过这样的镜像，我和一位挚友或爱人，两人并肩坐在原野的稻草堆旁，默默无语，注视着广袤的夜空，宁静的夜晚里，只有天上的星星在窃窃私语。

今年的七夕节，是在希拉穆仁草原度过的。清晨，很早走出蒙古包看日出，碰上了一起游玩事业有成的L，他在呼和浩特有羊绒衫厂，产品畅销国内外。他讲，昨夜因多喝了酒，睡不着觉独自出外溜达许久，若不是担心暗黑的草地上有马粪，真想随兴躺在草原上仰望璀璨的星空。我随即遗憾道，我带了小手电，早知道就可以派上用场了。

想想，在晴朗的七夕之夜，天上繁星闪耀，一道白茫茫的银河像天桥横贯南北，在河的东西两岸，各有一颗闪亮的星星，隔河相望，遥遥相对，那就是牵牛星和织女星。如果那晚躺在寂静的草原上，也许可以看到牛郎织女的银河相会，或许可以偷听到两人在天上相会时的脉脉情话。

古人云："二十年不开口说话，向后佛也奈何你不得。"老子的"大音希声"，禅宗的"拈花一笑"，白居易《琵琶行》的"此时无声胜有声"，多是脍炙人口而不衰的绝句。

清·沈复《浮生六记·闲情记趣》，"〔萧爽楼〕有四取：慷慨豪爽，风流蕴藉，落拓不羁，澄静缄默"。

# 不亦快哉

古人金圣叹作"三十三不亦快哉"快人快语，读来亦觉快意。我仿其例，就假期所及，试编列若干如下：

其一，假日八天，幽居在家，清闲无事，坐卧随心，饥食困眠，虽粗衣淡饭，但觉筋骨疏松展颜舒心，不亦快哉。

其二，中秋之夜，轻车缓驾，徐徐驶过天安门，盈盈圆月耀长安，习习清风满襟裾。不禁举机捕光捉影，到家一瞧，所拍景物均为虚迎复虚送，太虚高阁凌虚殿，不亦快哉。

其三，打电话，妈妈对我讲，"把你家该拆洗的被褥一并卷来，我闲也是闲着，有点事儿干更好"，不亦快哉。

其四，国庆节早，驱车回娘家，徜徉在京哈高速路上，免费初尝人已醉，不亦乐乎。

其五，10月2日，朝眠初觉，似闻夫和妈妈在聊天，一觉醒来已是9点半有余，赶紧起床，妈妈讲，"洗把脸，饭桌上有你爱吃的白菜炒咯吱"，不亦快哉。

其六，拜访程老师，忽闻师母得了肺癌，嘘寒问暖一会儿，留下5000元和礼物，道声保重回来，多少能替恩师尽点微薄之力，不亦快哉。

其七，归京时带回妈妈早已包好的三大袋速冻饺子和包子，不亦快哉。

其八，10月3日，拆开电脑主机，卸掉风扇，把多年聚集的灰尘用毛笔仔细掸净，用一包湿纸巾小心擦拭干净后，再装上。开机，噪音居然消失了，不亦快哉。

其九，秋深初换厚衣裳，去超市买回储衣袋，冬出夏入吐厚纳薄，不亦快哉。

其十，用用用中无用，空空空亦非空。饭后无事，翻箱倒柜，抛出闲置衣物鞋子，搬出旧电脑旧音箱堆积成小山，卖废品140元，不亦快哉。

其十一，家务活是始终终而始，干到夜幕降临，突然想犒劳自己，马上去百盛商场，游逛一圈，一件漂亮的衬衣贴身而归，不亦快哉。

其十二，10月4日，在厨房墙贴上"食物相宜"与"食物相克"彩色图表，认真地备料，切菜，熬粥，烹小鲜若治大国，不亦快哉。

其十三，在书店，选中十余册图书，好书唯有被人翻开才体现其价值，想想茶余饭后睡前便中随手翻翻，不亦快哉。

其十四，带酒和老友一群七人共进晚餐，六人喝光3斤高度白酒，诉说半生的沧桑。唯有一人缄默独醒，负责买单做代驾，把他们一一安全送回家，不亦快哉。

其十五，10月5日下午偕夫去商场，各买了一套花里胡哨家居服，回家试装，两个毛毛虫瞬间蜕变成蝴蝶，不亦快哉。

其十六，与夫一起在客厅做第九套广播体操，看他动作笨拙如企鹅，不亦快哉。

其十七，10月6日，逛北京植物园，彳亍在秋阳下，在迷一样的斑斓小道，嗅闻花草树叶，清风徐来，若有所思，若无所思，不亦快哉。

其十八，10月7日，利用电视机顶盒的回放功能，把《小崔说，立波秀》看个十有七八，冷幽默和热辛辣结合，脱口如水泻，穿插南北流，不亦快哉。

其十九，同乡晚餐上，边品红酒边听别人聊小城故事，最后别人买单，不亦快哉。

其二十，晚上看江苏卫视《非诚勿扰》，一位男嘉宾说了一句很 high 的话，"天空飞来五个字，那都不算事"。不亦快哉。

# "二"是个传说

国庆节的第二天晚，探亲返京的高速路上。

夜幕低垂，月从容，树峥嵘，光在快速道上玩朦胧，黑暗模糊了路的尽头。我屏着呼吸，车携着秋风，时速飙近120迈时，想起顾城的"黑夜给了我黑色的眼睛，我却用它寻找光明"。

忽然，前方不远不近处，隐现出一辆车以同样的速度行驶，盯着那车后灯妩媚的明眸，感觉尾随它前行自己变成了第二幸福的人。随着车轮快速地移向第二故乡，用思维的二分之一慢慢算计起"二"的问题。

二，一加一的和。除了数字作用外，人们还赋予它许多传说。

安全说，你穿着防弹背心跑呀跑，我抬着丘比特的箭追呀追。夜间高速开车，也要有这种精神，有第一辆车在未知的路面上披荆斩棘开道，第二辆车只要在不追尾的情况下紧盯前车后灯追随，没有危机四伏险情的担忧。尾随之际不忘用余光瞥一眼松花江汽车广告语——千万里我追求你。

责任说，一般来讲，第二子（女），家庭责任较弱，天塌下来由"一"顶着，父亲倒下由大哥当脊梁，母亲病了由大姐来侍奉。"大的稀罕小的娇，当间的不打腰。"行二的人一般漂亮，聪明伶俐，会见风使舵瞧人眼色。这在《大宅门》里二奶奶卓越的领导艺术和《大红灯笼高高挂》口蜜腹剑有心计的二太太中也得到了印证。同理，单位一把手比二把手责任大。

目标说，"紧跟领跑者"是中长跑中战术之一，起跑后，利用较好的速度，迅速抢占第二，然后一直紧跟其后，等到还剩最后，开始有力的冲刺，超越领跑者。

乐观说，具有"天外有天，人外有人，强中更有强中手"的平和心态。在排行榜中的"二"不显山露水，不争强好胜，不至于被嫉妒而遭掐尖。上比"一"不足，下比"三"有余，乐观的态度，被"三"以后的人羡慕。

时代说，富二代，官二代，星二代，贫二代甚至二奶，如今是"二"鼎盛时期。古人说"富不过三代"，二代正处坐享其成的黄金点，可以省去艰苦奋斗的过程。富二代炫富，星二代飙戏，官二代飙官，贫二代飙命，二奶卖萌大刮流行之风。

诙谐说，这人很"二"很光芒。"二"是用来形容一个人头脑简单，行动愚蠢。也可以说明一个人比较独特有风格，很可爱。大大咧咧，不小心眼，不钻牛角尖，少得抑郁症。

对称说，两只手比一只能干，可操纵看不见的第三只手；两只眼比一只能观六路，可避免一叶蔽目而不见泰山，也可拉风似的戴上墨镜像阿炳一样拉起二胡曲《二泉映月》；两只耳朵比一只能听八方，也可两豆塞耳不闻雷霆；两条腿比一条能脚踏两只船，看风头行事。同理，对中国人来讲，天上飞的飞机不吃，地上跑的汽车不吃，水中游的轮船不吃，除此之外，用两支筷子能吃遍天下。

普遍说，三条腿的蛤蟆不好找，两条腿的男（女）人有的是，是治疗离婚失恋人心灵创伤的一剂良药。

合作说，一个和尚挑水吃、两个和尚抬水吃、三个和尚没水吃。从而得知，两人抬水即没有一人挑水的辛苦，又没有三人没水吃的窘境。

民间说，天津人"二哥，二爷"的称呼，源于旧时婚姻观念。到娘娘宫去烧香祈祷，求一个布娃娃回家压在新娘枕头下面，让它充当家里老大，把未来的灾难都顶了去。这样，新婚夫妇生出的孩子就只能是老二。

山东阳谷"二哥"的尊称源于对"好汉武二郎"的"英雄崇拜"。

"小呀么小二郎，背着书包上学堂，不怕那太阳晒，不怕那风雨狂"，这首《读书郎》在半个多世纪里让几代人传唱，那么大郎一定是在家种地呢。

中国神话传说中的"二郎神"，通晓七十二般变化，额顶生神眼，曾经力抗天神劈山救母。

历史说，儒家学派创始人孔子，排行第二。"文革"批林批孔时，被人称为"孔老二"，批他的人貌似借此说明孔子有多么"二"。其实，孔子只是偶尔有点"二"，倒是那些把人家从历史深巷里揪出来，不分青红皂白乱批一起的人，才是真正的"二"。

道家学派创始人老子的五千言《道德经》，在全球发行量第二，仅次于《圣经》。书中包括大量的朴素辩证法观点，如，有无相生，难易相成，长短相形，高下相盈，音声相和，前后相随。恒也。

起始说，一年之计在于春，一春之际在二月。诗有，不知细叶谁裁出，二月春风似剪刀；娉娉袅袅十三余，豆蔻梢头二月初；五更四点鸡三唱，怀抱二月一枕眠；草长莺飞二月天，拂堤杨柳醉春烟。

娱乐说，闲时抓两把茴香豆偎倚沙发上，边吃边跷起二郎腿看东北二人转、双簧、双口相声等节目，能笑出两滴泪在飞。

再生说，劫后余生赋予第二条生命，视救命恩人为再生父母。

精神说，"友谊第一，比赛第二"是周恩来在人民大会堂接见乒乓球队员时所提出的。这八个字成为中国乃至世界一项宝贵的精神遗产，使人性的高尚品质得以在强调"更快，更高，更强"的竞技赛场彰显出来。

　　天下说，天下有二难：登天难，求人更难；天下有二苦：黄连苦，贫穷更苦；天下有二薄：春冰薄，人情更薄；天下有二险：江湖险，人心更险；克其难，安其苦，耐其薄，测其险，可以处世矣。

　　下高速，过了两个路口，进入小区，前方有一条大狗，"汪汪汪 one（一）one（一）one（一）"地狂叫，我把情绪 hold 住，扯起嗓子对着喊："two（二）two（二）two（二）。"狗非常惭愧，就不叫了。

　　又见炊烟升起，暮色罩大地。想问阵阵炊烟，你要去哪里……这首歌，一年又一年，循环往复地吟唱着，听者为何不厌？原来又，引来诗情画意般的美丽。

　　新年上班的第一天路上，想起了一个字，又。

　　燕子双飞去又来，纱窗几度秋又春。日出又日落，时光匆匆过。花开花落昔年同，唯恨花前往事已成空。

　　太阳又出来了，雾霾就散去。春雨飘来了，冬雪又融去。人，出得尘来又入尘，是在一个又一个的又中，伴着惊喜或伴着忧伤地长大，然后又老去，再消失。

　　又，寻常百家。不知不觉中红日又西斜，窗暗窗明昏又晓。

　　又，秋华再现。又见烟雨楼，又见茉莉花，又唱山歌，又是羊羔花盛开的季节，又见大草原，伊人今何在，却见烟水两茫茫。

　　又，应缘而喜。垄中顺意随缘住，又见湖边草木新。

　　又，简素如菊。春院无人花自香，闭门打坐安闲好，日影又移上花梢。

　　又，悲戚伤感。如此春来春又去，白了人头。空自朝朝又暮暮，又倚柴扉数暮鸦。风渐沥，景凄凉，乱鸦声里又斜阳。

又，淡然若水。笑又不成愁未是，敧枕无眠天又晓。人在春风独立，看尽闲云来又去，目断一天红日。

又，倾国倾城。含睇又宜笑，入柳又穿花，往去轻如叶，又引笙歌处处随，每个欲言又止浅浅笑容里，香腮百媚生。

又，豁然开朗。山重水复疑无路，柳暗花明又一村。流星闪过莫需伤悲，千百年之后，谁又还记得谁。

又，雪上加霜。屋漏偏逢连夜雨，船迟又遇打头风，丢了夫人又折兵。

又，惆怅满怀。风又飘飘，雨又萧萧，殷勤昨夜三更雨，又得浮生一日凉。情绪厌厌，不觉虚度韶光又一年。

又，追悔莫及。输了你，赢了世界又如何，又爱又恨直到玫瑰花又开。

又，忆溯流年。遥想小白兔白又白，万泉河水清又清，大红枣儿甜又香，边疆的泉水清又纯。

又，不胜枚举。像雾像雨又像风，想了解透彻，困难又简单。

一年弹指又春归，宋祖英又唱浏阳河，李晓杰又唱艳阳天，卓依婷唱起开心又一年。一日又一日，甜也尝过，苦也吃过，又怎样。又是一个春暖花开日，又是一个新起点，走出个通天大道阔又宽。

# 爱·一世 2.14

　　情人节那天，咖啡厅里，播放着张国荣的歌，"我就是我，是颜色不一样的烟火……"

　　RH 和 LH 坐在咖啡厅偏僻一角，RH 看起来健壮有力，相对来讲，LH 长得比较纤细软弱。他们面对面坐着，边品着咖啡边低声聊着什么。

　　RH（拉过 LH 的手）：前些日子，我们一起去商场，给你买的周大福一克拉钻戒，为什么不戴上呢？

　　LH：戴着有些大哦。

　　RH：不是改小了吗？多么璀璨的一个戒指，你戴上一定好看。

　　LH：虽然改小了些，但戴无名指还是有些松，我看你戴着正好，还是你戴吧。

　　RH：我不爱戴那玩意儿，好看归好看，就是干活碍事，你总是买完后，觉得大就要给我戴，之前你买的白金戒指不就是我一直在戴吗？还有你买的那玉戒，也是大又是我戴，我都戴不过来了。

　　LH：那么好吧，热胀冷缩，待到夏天我的手胀了再戴不迟，看来只有手镯适合我。呵呵。

　　RH：时间过得真快呀，又到了情人节，想想小时候，我们两小无猜，一起淘气爬上房顶看星星。房顶高几尺,手可摘星辰。不敢高声语,恐惊天上人。

LH:令人难忘的岁月,现在城市里全是耸入云霄的高楼大厦,不会轻易就爬上去,即使坐电梯上去,天空也是灰蒙蒙的,很难再看到那些明烁烁的星星了。

RH:还有,我们一起上山撸槐树花吃,甜丝丝,还有榆树叶,香涩涩,至今想起令人爽爽的。

LH:是呀,转眼几十年了。家里的脏活累活你都抢着干,我却养尊处优地生活在你的臂膀下,这些年多亏了你。

RH:一家人不说两家话,如果没有你的协作和支持,我干任何事情都不会游刃有余或轻易成功的。看书时,你翻页我品读。逛街时,你喜买衣我愿买单。开车上班时,我握方向盘,你调好听的音乐。做饭时,我炒菜你端锅。打工时,我洗盘子你抹桌,在洗刷刷的过程中,今天你破皮,明天我刮伤。伤心时相互抹泪,高兴时一起手舞足蹈,可谓是同甘苦共患难呀。

LH:婚姻就是两个人在一起,努力解决那些独身时会出现的小问题。随着岁月的侵蚀,为了遮风挡雨,你逐渐变得宽厚粗壮,而我却纤细柔黄。你看那边那位,娥娥红粉妆,纤纤出素手。长得水嫩嫩的,白里透红,还有点点酒窝,真是令人羡慕呀。

RH:你就是我心中的最爱,这辈子与你相伴,是天赐情缘。你没有发现,我们是天生的一对,随着岁月的洗礼,我们相似的长相还是没有被磨灭,就是人家所说的夫妻相。

LH:你日日夜夜操劳,现在又有肩酸肘痛,来我给你按摩一下。以后我们都不要拼命,要好好保养自己。

RH:好的,我们有缘同年同月同日生,但愿我们也有幸同年同月同日死，琴瑟谐和愿百年。

"我喜欢我，让蔷薇开出一种结果……"张国荣的歌还在循环地唱着。

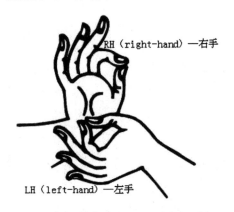

半生相托左右手，一日同收甲乙科。这是左右手的故事，请对号入座，你们的两只手相处得如何呢？

# 白衬衫

夏天到了，5月已经到了中旬，在外罩的里面我穿上了白衬衫。

对着穿衣镜照的时候，居然感觉自己很美，明亮干净、畅快朴素，妩媚素雅。这一件只是简简单单没有任何装饰的白衬衣，170的尺寸，衣袂翩翩，身体没有凹凸线条感，却有了一股洒脱飘逸感，心情也为之一振，原来我也是这样喜欢我自己。

褪去了寒冬冷春浓重的衣装，浅浅纯纯舒舒适适的白衬衫，衬托脸儿也白净净的，顿感身心清爽轻松了许多。

非常喜欢白色衬衣，无论是带蕾丝流苏花边束身的，还是简单的竖纹宽松式，逛商场时，目光的焦点总能落在各式白衬衫上，展开衣橱逐件数来至少有十几件坚守着岗位整装待穿。

白色属于百搭色，具有团队配合精神，配任何颜色的衣服都醒目而不招摇，没有喧宾夺主的感觉，不管时尚风向标如何转动，白衬衫永远是经典中舞动的精灵。

职场上白衬衫是永不落伍的主角，裙装裤装总相宜。清新舒展，干净利落，自信精神，打造干练白领形象。人们把白衬衫衬在庄重的西服里面，一抹浅白在西装的领口和袖口露出，浅笑的人顿感年轻，活泼俏皮了许多，也魅力了许多。

蓝色的海面上蔚蓝的天，悠悠的白云之下，白色的浪花自由地翻卷，船舷上宽松舒适的纯棉质白衬衫在风中飘荡，除去束缚，远远看去犹如一只白色海鸥展翅飞翔。让海风吹去所有的烦恼，纵情享受凉爽惬意的假期。

在这个男色的时代，白衬衫解三粒扣的准则在男星中依然盛行。各花入各眼，男色亦如花，看看那些穿白衬衫的男明星，总有一种让你心旷神怡的感觉，白色衬衣下若隐若现的胸肌成了最简单最朴素的一抹风景。

曾记得上小学时，学校里举行隆重节日活动或清明节去烈士陵园扫墓，都要求学生上穿白衬衣，蓝下裤，白衬衣上系上红领巾，排着整整齐齐的队伍，仰着干干净净的小脸，就这么简简单单整齐划一的装束，今天想起来，还是那么可爱，那么纯净，那么令人畅想。

看过一篇文章，写男人不善于做家务的情景，说她老公在家刷碗时，身着白衬衣，居然不用挽上袖子，就把一池碗瞬间洗刷完毕，袖口却滴水未沾，可想而知，白袖口是检验碗的清洁程度的标志。

上大学时，有一位刚分配来的年轻漂亮的女老师，初次站在讲台上为我们上机械制图课，当时，站在讲台上的她，上衣就是一件简单的白衬衫，白衣胜雪一语似千言，长长直发飘逸在脑后，青春的气息也就一漾而出，明晰简洁的线条，真是美极了。她在我们眼中，犹如她所绘制的图纸那么干净、整洁，富有润滑的线条美。令班上的男同学瞠目结舌地忘记课上的内容，课余紧凑其旁大献殷勤。毕业后得知，她和一个其貌不扬很痞的男学生结婚了，这对姐弟恋令全校师生为之惊叹，从此痞男的"爱情花瓶"里就插上了一朵洁白的百合花。

白衬衫不禁脏，曾听到过一句笑谈，在北京不穿白衫，不驾黑车，来戏谑北方的环境。爱穿白衬衫的人要勤快，懒人视白衬衫就会退避三舍。

人若穿污秽了的白衬衫，在印象上一定会大打折扣，还浪费了白衬衫的大好潜质。

据说，白衬衫象征 70 年代的不羁、80 年代的纯真、90 年代的崛起、21 世纪的繁荣。

我爱白衬衫，因为它能衬出人之美，人之纯，人之本色，飘逸而自由，简单而有品位。有"君着白衫如美色，未嫁已倾城"之感。

银白色的月光，树上有淡白色的花，树下是淡白衬衫的她，白色恋曲轻轻唱，印有白色记忆却抹散不去的，是白色的情怀。

# 活，该快乐

初见这几个字，是在一本杂志的封面上，起初没有看到标点，以为是"活该快乐"四个字，觉得有意思就细端详，原来是"活，该快乐"。标点在其中，意义大不同。

快乐一词，伴随着我们，在百度上搜索"快乐"，找到相关歌词共1001首。人们唱着有关"快乐"的歌，不要你什么，只要你快乐。

快乐，是阳光普照的清晨，是流水美妙的音韵，是分分钟钟把你等，是寻找天际的星辰，是回忆沙滩的足印，是离开都市的烟尘，是回家往浴缸一浸，是一首好歌嘴里哼，一张晚报，一杯香槟，是丈夫给我的精神，是儿子亲昵的一语。

享受快乐很简单，专注、单一、直接。当你吹开蒙在灵魂外的拘谨、束缚、压力等尘垢后，快乐便俯拾即是，也个个精彩。正如美国黑人女诗人格温多琳·布鲁克斯的诗所咏叹的："即使是微末的片刻，也要细细品尝。时光稍纵即逝啊！是沙砾也好，是金子也罢。毕竟那片刻，再也不会以同样的面目，再度显现。"

林语堂在《生活的艺术》里："我曾经说过，中国人对于快乐概念是'温暖、饱满、黑暗、甜蜜'"即指吃完一顿丰盛的晚餐上床去睡觉的情景。一个诗人也曾说，"肠满诚好事，余者皆奢侈"。可是现在还有多少中国人会因为"温饱黑甜"而感到满足和快乐呢？

"活，该快乐"应该有快活之意。白居易《想归田园》诗："快活不知如我者，人间能有几多人。"如今，中国人的物质欲望被撩拨到前所未有的高度，一个人的成就似乎只和所拥有的货币与物品相关。欲望引发躁动，躁动带来压力，压力让人不快乐，不快乐期待新的欲望能平复，这样一个永远走不到尽头的莫比乌斯带，让疲惫与不快乐成了一种麻木而无奈的常态。

纵览古今，颇具自娱自乐精神的，是苏东坡。苏东坡被贬后，一天傍晚和好友佛印和尚泛舟长江。举杯畅饮间，苏东坡用手向江岸一指，笑而不语。佛印抬眼望去，只见一条黄狗正在啃骨头，顿有所悟，遂将自己手中题有苏东坡诗句的扇子抛入水中。两人对视，大笑起来，这是一副哑联。苏东坡的上联是：狗啃河上（和尚）骨；佛印的下联是：水流东坡尸（东坡诗）。

"活，该快乐"应该有乐活之意，乐活（LOHAS）不只是爱地球，也不只是爱自己和家人的健康，而是两者都爱的生活方式，古人的快乐是忧患并"乐活"着。

《岳阳楼记》中"先天下之忧而忧，后天下之乐而乐"，从北宋一直流传到现在，成为许多人的座右铭。《左传·襄公十一年》里，"居安思危，思则有备，有备无患"是指处在安乐的环境中，要想到可能有的危险，要提高警惕，防止祸患。《孟子·告子下》中，"生于忧患而死于安乐"即忧患使人生存发展，安乐使人沉沦死亡。

进亦忧，退亦忧。别人没愁之前先愁，别人全快乐了才能快乐。忧患时愁，安乐时想到忧患，也愁，忧患意识在中国古代思想中占了相当大的比重。然而，如果据此就认为中国古人不快乐，那就错了。

宋元山水画中，山川很大，人物很小，可很小的人物却仪态从容、平静安逸，那时一种现代人不可企及的奢侈。

白居易有一首诗是这样的："呆呆冬日光，明暖真可爱。移榻向阳坐，拥裘仍解带。小奴捶我足，小婢搔我背。自问我为谁，胡然独安泰。"冬天的时候，晒着温暖的太阳，小童仆捶着腿，小丫头搔着背，美得连自己是谁都忘了。白居易一生亲历七朝，身旁的大腕起起落落、沉沉浮浮，今日志得意满，明朝流放蛮荒，唯独他岿然不动。他是以"乐活"的方式，达到"退后一步是向前"的效果的。

广州恒大队在天河夺得亚冠的那夜，白岩松感叹："如何让快乐成为习惯。"香港蔡澜说："这个世界很无趣，我们自己要有趣。"快乐带来希望，如果你因为错过了太阳而哭泣，那么你也会错过月亮和星星。

那天，我梦见央视记者问我："你快乐吗？"我！我？活，该快乐。

# 小确幸

今天，在杂志上看到"小确幸"一词，引起了我的好奇，上网百度一下，满屏珠树开春景，"小确幸"两年前就诞生了，意思是微小而确实的幸福，出自村上春树的随笔。

意外小财，享用美食，家人团聚，睡到自然醒，朋友捎来问候关心，与好友出游旅行，看好书，听好音乐，看好电影，好久不见的朋友把酒言欢，买到物超所值的东西，泡个热水澡消除疲劳，这十件事情，在台湾被列为十大"小确幸"。

如上信手拈来的日常生活片段，多么微不足道，多么司空见惯，多么转瞬即逝，多么随遇而安，知黑守白。那些微小但确定的幸福感觉，若被敏感的心灵捕捉到，它便切实地温暖心怀。

杰克·韦尔奇（CEO）讲，"没有什么细节因细小而不值得你去挥汗，也没有什么大事大到尽了力还不能办到"。"小确幸"有些叛逆"不拘小节"，却和"小欢喜"步调一致地在生命里，唱着歌，跳着舞。幸福不在于你拥有什么，而在于怎么看待你所拥有的。

几米的绘本中，"小确幸"俯拾即是，到处充满了童话色彩的温暖句子："星期三的下午，风在吹，我睡着了。白色的窗帘，轻轻飘起来。毛毛兔来了，在窗外吹着口哨呼唤我。推开门，森林好安静，阳光好温柔。好久好久没有在森林里游荡了……"退去世俗的烦恼，在温柔阳光下自在呼吸，只有大自然的草木清香，清风拂面。如此简单，如此单纯美好。

夏马这样描述《下午茶》，一盅两件，慢慢斟酌，细细品味。悠悠往事，是酸，是甜，是苦，是辣，全都化入杯中，点点滴滴，都在滋润着你的寂寞和孤独。下午茶，或许还有更多浮世看点，置身其中，如观赏万花筒，其乐无穷。

查一路希望自己做一只壁虎，躲在角落悄悄地吃蚊子。最好的休息和享受是在劳作之后，独自坐在一个无人的角落，数钱。个中的"小确幸"被演绎得淋漓尽致。

钱钟书说，"洗一个澡，看一朵花，吃一顿饭，假使你觉得快活，并非全因澡洗得干净，花开得好，或者食物符合你的口味，主要是因为你心上没有挂碍，轻松的灵魂可以专注内体的感觉，以此来欣赏，来审定"。由此可见，"小确幸"由心而生。

明人陈继儒《小窗幽记》曰溪声、涧声、竹声、松声、山禽声、幽壑声、芭蕉雨声、落花声，皆天地之清籁。声和由心清，如果心上有尘，那么声声都是怨年华。

林语堂在《生活的艺术》中说，"一般人不能领略这个尘世生活的乐趣，那是因为他们不深爱人生，把生活弄得平凡、刻板而无聊"。作为凡俗的人，我们应该多感受点滴花间露，新鲜柳上春所带来的小清新，梦想汲取玉池春水，点红炉微雪的小惬意。

清少纳言的《枕草子》集满"小确幸"的文字，她用清净的文字描述着一幅诗意的画卷："月亮，以晓月为妙，最好是从东山之端刚刚冒出的，细弯弯的时刻；星，以牵牛星，昴星为最美；日头，以完全沉入山边，尚留一丝余晖为妙。"了然数语，生趣盎然，轻清妙雅，仿佛是落于掌心的雪花，精致得叫人吃惊，轻轻一吹就了无痕迹，只余欣喜。

幸福不是长生不老，不是大鱼大肉，不是权倾朝野。幸福是每一个微小生活愿望达成后知足的喜悦。云的光彩，竹的摇曳，雀的鸣叫，人的笑脸，从所有日常琐事中汲取甘露。村上春树说，"如果人生没有这些小确幸，人生也不过是干巴巴的沙漠而已"。纵然生活不是繁花似锦，依然会欢喜一个个平素的小时光，收集一份份真挚的小感动，然后穿成一串熠熠闪光的项链，挂在胸口，作为人生路上的小装饰，且行且温暖。

# 数黑论白

根据玛雅预言，2012 年 12 月 21 日就是世界末日。是非黑白难分晓，但凡看过电影《2012》的，灾难画面之恐怖让人心有余悸。

"黑头日已白，白面日已黑。人生未死间，变化何终极。"这是唐朝白居易的诗。

人的一生，虽然丰富多彩，但原色就是一部黑白片的电影。从生理上讲，从小孩的黑眸黑发白面庞，变成老人的白眸白发黑脸庞；从思想上来讲，从小孩子的一张白纸般纯洁无邪，到五彩缤纷，再到黑灰色的心境；弱者惧怕黑暗，如小孩，如胆小之人。随着年龄的增长和历练，惧怕黑暗之心会减弱或喜欢上了黑暗。

希腊神话说，夜神是黑夜的主宰。他有一对孪生子：穿白衣的睡神和穿黑衣的死神。他们干的事情都是让人睡去，只不过，睡神要让人在白天醒来，而死神是让人长眠不醒。

黑白是万能色。回眸往昔，在铭刻着"经典"二字的衣橱中，黑白两色最是醒目。穿衣大多喜欢白与黑搭配，夏天以浅白为主，或白底黑纹衬衫，冬天以深黑为主，或黑底白图案点衬。

白色象征着友谊、纯洁与和平，干净而雅致；黑色深邃、神秘与庄重，暗藏力量。黑白两色是极端对立色，然而又有令人难以言状的共性。白色与黑色都可以表达对死亡的恐惧和悲哀，都具有不可超越的虚幻和无限的精神，黑白又总是以对方的存在显示自身的力量，它们似乎是整个色彩世界的主宰。

关于黑白，简媜有一段话是这样写的，"在颜色的世界里，物的三原色交集为黑色，而光的三原色交集为白色。黑色，从心理意义上来说是吸光色，任何色彩投射上去都会消失于无形。而作为开放色的白色，穿着它的人更希望自己能成为别人的视线中心。时过境迁，当黑白不再对立，而是深情相拥时，最使人动容的，也许不是那黑蕾丝、白亮片或千鸟格，而是任何黑与白，是与非，爱与恨的分子，在时间的流淌中彼此相隔相惜，最终成灰"。

# 读书不输

初识"读书不输",是在一个图书馆内,当时图书馆以"读书不输"为活动题目,为贫困地区儿童捐书,希望他们不要输在起跑线上。

读书不输四字组合,言简意赅,叠音畅达,观字即能辨义。悠悠华夏,文脉昌盛,教育盛史,源远流长,从古至今,以读书为主题词的名言绝句比比皆是。

"万般皆下品,唯有读书高。"孔子把读书捧到了至高无上的境界。

书犹药也,善读可以医愚(刘向)。书卷多情似故人,晨昏忧乐每相亲(于谦)。开卷常见平时友,读书历见古人面(陆游)。一灯之下,独坐翻书,如与古人为友,乐何如之(吉田兼如)。

读书是女人最好的美容剂。一个没有书卷气的女人也许漂亮,但决不会美丽。经常让健康书籍和高雅艺术陶冶性情、净化心灵,其举手投足自然会有一种文化与艺术的气韵(毕淑敏)。读书会让寂寞变成享受(梁晓声)。喜欢读书,就等于把生活中寂寞的辰光换成巨大享受的时刻。

真正的读书使瞌睡者醒来,给未定目标者选择适当的目标。正当的书籍指示人以正道,使其避免误入歧途(卡耐基)。立身以立学为先,立学以读书为本(朱熹)。节饮食以养胃,多读书以养胆(庄周)。养心莫若寡欲，至乐无如读书（郑成功）。读书给人以乐趣，给人以光彩，给人以才干（培根）。

书如水也，巧读之可以涤拙。书若风也，妙读之可以拂俗。

读一本好书，就是和许多高尚的人谈话（笛卡尔）。书籍是屹立在时间的汪洋大海中的灯塔（惠普尔）。读书也像开矿一样"沙里淘金"（赵树理）。一本古书就是一个义士，一本新书就是一个新友。读哲学如对益友，读美学如对丽友，读诗歌如对韵友，读古典小说如对逸友，读现代小说如对校友，读武侠小说如对豪友，读名人传记如对风雅友，读讽刺幽默如对滑稽友。如此不亦快哉！（亚民）

富家不用买良田，书中自有千钟粟。安居不用架高楼，书中自有黄金屋。娶妻莫恨无良媒，书中自有颜如玉。出门莫恨无人随，书中车马多如簇。男儿欲遂平生志，五经勤向窗前读。（赵恒）

"布衣暖，菜根香，读书滋味长"是古人很有名的咏读句。以书为伴，以笔代耕，优哉游哉，聊以卒岁（赵超构）。有时间读书，有时间又有书读，这是幸福；没有时间读书，有时间又没书读，这是苦恼（莫耶）。

清代养生学家石成金在《学乐歌》中说，乐是乐此学（读书），学是学此乐。不乐不是学，不学是不乐。呜呼！天下之乐，何如此学，天下之学，何如此乐！

正因如此，衍生出许多诸如悬梁刺股，凿壁偷光，囊萤映雪，寒窗十载等励志典故。

书山有路勤为径，学海无涯苦作舟（韩愈）。鸟欲高飞先振翅，人求上进先读书（李苦禅）。唐朝大书法家、诗人颜真卿写的《劝学》中，三更灯火五更鸡，正是男儿读书时。黑发不知勤学早，白首方悔读书迟。

少年读书，如隙中窥月；中年读书，如庭中望月；老年读书，如台上玩月。皆以阅历之深浅，为所得之深浅耳（张潮）。少而好学，如日出之阳。壮而好学，如日中之光；老而好学，如秉烛之明（刘向）。

《礼记·中庸》中，"博学之，审问之，慎思之，明辨之，笃行之"仅此一句，几乎把读书方法的话题说尽了。

腹有诗书气自华，读书万卷始通神（苏轼）。读书破万卷，下笔如有神（杜甫）。熟读唐诗三百首，不会作诗也会吟（孙洙）。

寻章摘句来论证读书不输，最后，用周恩来的一句话来结束：为中华之崛起而读书。

# 十二月

十二月将终，还惊岁律穷。藏冰方北陆，解冻未东风。

草昧徒寻绿，花梢强觅红。探春春不见，元只有胸中。

这是宋代邵雍所作《穷冬吟》，体现了此季节的心情。

清少纳言随笔《枕草子》中赞四季之美，"春曙为最，夏则夜，秋则黄昏，冬则晨朝"。她说"降雪时不消说，有时霜色皑皑，即使无雪亦无霜，寒气凛冽，连忙生一盆火，搬运炭火跑过走廊，也挺合适宜"。然后扔进几块红薯烤着……如此想着，一幅温馨的冬景图呈现在眼前。

十二月诞辰的大人物，毛泽东、朱德、刘伯承、齐白石、沈从文、耶稣、福楼拜、牛顿、焦耳、贝多芬等。另有一小人物啼世，我。

十二月的大事件中，我国第一套人民币开始发行；拿破仑加冕为法兰西第一帝国皇帝；中央人民广播电台正式成立；澳门回归。还有，我开始参加工作。

十二月，冰清玉洁的相貌，银装素裹的扮装，冰魂雪魄的气派。梅羡瑞雪三分白，雪慕傲梅一段香，我清赏梅姿雪态，踏雪拣寒枝，以枝当笔，写写这生之荒寒，之清寂。或独倚墙角数枝梅，年来尘事都忘却，只有梅花万首诗。

十二月，天寒地冻入温泉，倾听风穿松而啸，雪絮飘池戏雾霭。感知岁月叠增，一层层，叠得寒凉。动物大多冬眠，日晏霜浓，林疏石瘦映衬玛雅预言的"末日"，令人哆嗦寒战，有了久违的敬畏自然的心。

据说，罗马皇帝琉西乌斯要把一年中最后一个月用他情妇的 Amago-nius 名字来命名，但遭到元老院的反对。于是，12 月 December，便由此演变而来。可见，哪个时代情妇都是风流人物。

日本十二月的别称，叫师走。大意是连平时很悠闲的老师都会变得繁忙，反映出在新的一年到来之前，大家都会忙于筹集钱财和还清欠债的习惯。现今社会人，所欠的债能还清吗？

经过春夏秋，到了十二月底的冬，潇洒地打个结。又一个年，在早已习惯的约定里，将不可逆转地结束了。

# 钥匙 3 + 1

我认为，人生大致有 3 + 1 把随身携带的钥匙。

第一把，家门钥匙。现在还未到路不拾遗，夜不闭户的时代，家门钥匙，防盗门，门禁等里三层外三层的上锁把守，还有存放重要的折卡证的抽屉、保险柜或首饰盒等也要上锁，越是富裕人家，房子多财产多甚至女人多，钥匙的个数就越多。若一个家庭一个男人随身只有一把门钥匙，这样的家庭是幸福的，思念是回家的钥匙，家有万金放心地让妻子随便去上锁。

第二把，单位办公室钥匙，包括更衣橱，办公桌抽屉等。人刚参加工作时特别是在工厂劳动力密集的单位，也许只有一把更衣柜钥匙。钥匙的个数随权力的提高而增加，但增加到一定程度反而少了，因为权力越高的人，大部分单位的钥匙交予秘书或助手或经纪人等管理。还有一种例外，钥匙多也许是一位库房（宿舍）管理员。

第三把，交通工具的钥匙，自行车，三轮车，摩托车，汽车。是从家到单位运载自己的工具。过去骑一辆"飞鸽"牌自行车美得身体都飞起来，现在城市里开"奔驰"愁得磨牙摇尾难驰奔。

这三把钥匙最好不要穿在一起，要三足鼎立分家另过，这样若是有一把忘带或丢失不至于损失惨重寸步难行。有时，我们会遇到门锁上了，钥匙却在里面，或锁忠实地坚守岗位，钥匙却踪迹皆无的难堪局面。

有钥匙不一定有锁，如西方国家或城市向来访贵宾表示友好和崇敬所赠送的象征性礼物——金钥匙。有锁也不一定需要钥匙，如挂在百日小孩脖颈上的金（银）锁。九山锁锁问知音，情人把两把锁锁在一起，钥匙扔到山涧里，表明两人生死相依。还有的锁不是固体是气态，如云锁房栊烟锁竹，那么风就是它们的钥匙了。

据说，一把坚实的大锁挂在门上，一根铁杆费劲了九牛二虎之力，还是无法将它敲开。钥匙来了，瘦小的身子钻进锁孔，大锁就"啪"的一声开了。铁杆奇怪地问："为什么我费了那么大力气也打不开呢？"钥匙说："因为我了解它的心。"

爱是钥匙恨是枷锁，每个人的心，就像上了锁的门，再粗的铁棒也撬不开。唯有爱心，才能变成一把细腻的钥匙，进入心中，关心别人，了解自己。一个人的心锁打开了，人生里的所有门锁，都容易开启了。

# 小蛮腰

小蛮腰，年轻女子的细腰，性感，迷人。拥有小蛮腰，似杨柳般扭来摆去，着实迷煞众人的眼球。

据说，小蛮腰的典故来自于白居易的"樱桃樊素口，杨柳小蛮腰"。美姬樊素的嘴小巧鲜艳，如同樱桃；小蛮的腰柔弱纤细如同杨柳。一句杨柳小蛮腰，道尽了女性纤柔婉转的曲线美。

初识小蛮腰，是朱德庸《粉红女郎》中那个风情万种的"万人迷"。"万人迷"令男人目眩神迷，令女人嫉妒不已。陈好饰演的那种千娇百媚的风姿，的确迷倒了一批人。

6月中旬，单位组织党员观看影像资料《郭明义》，他的事迹始终践行着他的一句话："我所帮助的人都是不如我的人，都是社会上需要帮助的人。"看到动情处，眼泪不禁悄悄地流了下来。

影片中有一个镜头，郭明义为帮患有白血病的少年，经过三年的时间终于找到了符合骨髓移植配型一位叫李国华的人，李的秘书夸张地扭动着小蛮腰带着郭明义去见李国华，那一刻已表明李国华是一位功成名就的老板。

看到此，想起了广州的小蛮腰。

之前没有去过广州，前些时日去深圳，顺道坐高铁去了一趟广州，住在火车东站附近。初到广州，天气凉爽宜人，拿张地图查找景点，当地人首推的是小蛮腰。

广州地铁交通异常便利，白天乘地铁去了岭南印象园，园内突出原生的岭南文化和乡土景观。民居依水而建，悠长的青云巷，古朴的趟栊门，精致的满洲窗，小溪蜿蜒，池塘清澈，处处散发着岭南水乡的韵味。

晚上又乘地铁来到珠江新城，那里是金融中心、高端服务业中心、文化中心和跨国公司总部中心。眼前的小蛮腰（广州塔的别称），雅致的设计犹如婀娜少女，在变幻着霓虹灯的夜景下，扭动着妙曼迷人的身姿耸立在广场中。

由于在广州只住一宿，时间有限，我像只老鼠，在广州星罗棋布的地下东窜西奔，少有机会在地面观览这座城市的魅力，广州地标建筑物小蛮腰是这次留给我的深刻印象之一。

有一首《浣溪沙》："花想仪容柳想腰。融融曳曳一团娇。绮罗丛里最妖娆。歌罢碧天零影乱，舞时红袖雪花飘。几回相见为魂销。"情调优雅，温婉妩媚，抒情优美，尽展宋舞唯美梦幻的意境。楚王好细腰，宫中多饿死。一副漂亮的脸蛋，丰乳蜂腰，长腿嫩肤翘臀，女人多向往之。所以，还是寒风料峭的初春季节，爱美的女孩子短裆紧裤，裸腿露腰，花脸嫩，柳腰娇软地在大街上似春风飘过。把美无私地带给这个世界的人，又何尝不是一道美丽的风景线。

# 无意识者牛

　　早春二月的脚步在有意无意间缓缓走来，乍暖还寒的北方在感知春风拂面春鸟啼中，时而也会随着料峭轻寒的春风翩翩起舞。

　　好的文犹如心灵的暖春，绵绵润了一层清梦袅袅随云而至。在"三重境界百态人生"一文中无意间发现这样的一段话：

　　电影《英雄》中，残雪在苦练书法欲求剑术的真髓时突然悟出了剑术三重境界：一、手中有剑，心中有剑，剑中透锐，杀气腾腾，能破敌于十步之内。二、手中无剑，心中有剑，剑化为气，刚柔并济但仍能操纵自如，破敌于百步之内。三、手中无剑，心中无剑，视眼前敌人若无形而能破敌于无尽之外，因而心中只有天下，即为不杀。

　　在第一重境界中，是剑客意念控制下的有招有式的剑术；在第二重境界中，是剑客意念控制下的无招却胜于有招的剑术；第三重境界中，是"手中剑"与"心中剑"完美融合，剑客的剑术已达顺其自然、随心所欲和忘我的境界。

　　参物对照，人在生活中也是如此，从有意识到无意识地过渡，无意识当属最高境界。撇开枯燥的哲学定义的意识是什么，所谓的无意识，是指人在清醒的状态下，对一件事物不特意去想，或是对这件事物根本不屑思维的情况。

人认识事物，起初是好奇中认识它，在不熟练或不熟悉的状况下，心情就紧张而不自在，大脑就不断处于总是想它有意识纠结状态，待自己熟悉和技能达到了炉火纯青的地步，身心就会放松，大脑也就犯懒无思维，而想其他要想的事情或心态处于空空如也状态。

例如，开车。学车之初，在学习挂挡挪库之前，驾校教官让学员在教练场先跑两圈找找感觉，我在还不知道哪里是车闸的情况下，心情非常紧张，挂上一挡后，死活也不敢踩油门，唯恐这一脚踩下去，就下了地狱。教官急了，叫道，"如果你再不加速，我就按你的大腿踩下去"。

驾龄在三四年之内，开车去什么地方总像是丑媳妇要见公婆那般忐忑不安，心情总是处于亢奋的状态。记得一段时期周末要去某地听课，到达目的地要跑 28 公里，时速 80 迈行驶在四环路上，总有一种恐惧感如野草一样在大脑中滋生，担心正驾车飞奔时，别的车道上的车会突然变道插过来而撞车。

待到驾龄到七八年时，心情却如湖水般平静下来，开车去什么地方，处于无意识状态了，无论车速快慢，手握着方向盘，身在曹营心在汉。往来人声鼎沸的路上，听晨鸟在枝丫上娇啼，看路边的花红柳绿，感受阳光的东射西斜，雨雪的暴骤风吹，坐在车里，感觉城市并不冰冷，生活用朴素而平静的步调教我们热爱她……天马行空之中手脚视路况却神奇地配合自如，据说出交通事故的司机往往在这个时期颇多。

人学到一种技能后，如果思维处于无意识自己在开车的忘我状态，那么，就说明自己很自信很娴熟很牛。驾车就不是负担，不是前怕狼后怕虎，而是一种享受，心会美滋滋地认为自己似一个蜗牛带着一个挡风避雨的活动房子在市井中异世游历。

再例如，游泳。二十年前就会游泳，但在不是很娴熟和不经常去的情况下，游到深水区心里就犯意识，有一种不安全的恐惧感笼罩在脸上，甚至于游泳池底的一条粗线迹，也似一条水蛇卧在水中在窥视你的行踪，所以身心就很累。后来作为议事日程锻炼身体，有意识地日久天长地去游，游泳的技能不但日渐娴熟，心理状态随着技能的提高也变得自信无意识了，此时，游泳就不单单是锻炼身体的概念，心情也得到愉悦的享受，起到排忧释压的作用，自己就变成一条快乐的鱼儿自由自在道游在水中。

人的思想也是如此，比如，两人并肩在路上散步，突然前面出现一个沟坎，挡住了去的路，一个人会无意识地绕过沟继续前往，另一个会有意识地驻足停滞一下，或骂上几句发顿牢骚后再前往。我认为前者就是心态成熟的表现，他（她）并不是心已经麻木不仁，而是不屑去生那个气到无意识状态，所以就不会自寻烦恼。有句话说得好，在你没有能力改变现状的情况下，最好是缄口。你没有能力左右天气，但你有能力调整心态。真正的人才，不是能够评判是非，指出对错的人，因为几乎每一个人都能做到这一点，真正的人才是能够让事情变得更好的人。

所以说，无意识者无论在技能上还是在心理上都是自信成熟的表现，无意识者牛！"世路如今已惯，此心到处悠然。"在经历了世俗的生活道路之后，对一切世事早已看惯，看淡了。心态就会处在风烟俱净，天山共色，从流飘荡，任意东西之中。菩萨怕因，凡人怕果，心里有怕，敬畏常住。

无意识，是使自己处于一个相对超然的思维空间，以摆脱世俗之扰，恐惧之袭，烦恼之结，求得一种沉潜。因为只有这样才能获取力量，一种内在的力量，而不是虚浮的力量。有了这样的力量，定会在一个地方牢实不倚，移动出走也会步步踏实。

# 漫慢谈

　　长夜漫漫，天边黑云正向四处漫散，雨正在漫不经心地飘洒着，慢慢地，大地一片灰蒙霏雾。细雨漫漫，填平了梦中的沟壑。

　　轻佻摇曳的脚步，伞下雨中慢行，慢闻潮湿的风味，漫听细雨浙洒，轻吞慢吐中漫将心字寄于云。

　　慢悠悠地游荡回家中，没有漫卷诗书喜欲狂，细捻轻翻慢阅读，用足够的时间，沉潜在一本书中，不急于"赶路"地"慢慢地欣赏"。米兰·昆德拉在《缓慢》中写道："在慢速和记忆之间，快速与忘却之间，潜藏着一种有机联系，而慢速和记忆的强度必然成正比。"

　　嘿，外面下雨了，我们坐下漫慢谈。漫步路纵崎岖，慢品百味人生。

　　漫，似法国人。是随意洒脱，浪漫无稽的，思维游弋漫无边际，如水自由流淌，似树自在摇摆。如天真烂漫的少女醉卧花丛做着"白日梦"，似灵魂化成轻烟漫天飞舞。风中赏雪，雾里赏花，良辰美景朦胧游走在脚边。

　　漫的绝句大多隐匿在动漫或漫画中，需要你慢慢"品味"。

　　慢，如德国人，是实诚有品行的，是能工巧匠的伙伴，慢工出细货后，可以经久实用。慢是温馨而安全的，作为一个祝福叮嘱的词，中国人会在告别时反复叮咛道，"慢点哦，请您慢走"。

慢的褒义名言多来自国外，如，缓缓就是稳妥（托·德雷克斯），慢火煮出好麦芽粮（英国），走得慢点，走得远些（俄罗斯），慢些，我们就会更快（欧洲）等。

缓歌曼舞凝丝竹，尽日君王看不足。慢人工作认真持久追求完美，性格不爆如胶皮糖韧性十足。珍贵的东西总是慢慢成长，一步也不能跃过。

慢与漫如一对长相相似性格各异的双胞胎，一个是用心慢步，一个是似水漫流。都市人需要"漫"情调与"慢"生活，慢时尚漫旅游，慢生活漫思录。独坐南风漫享受，水波不兴慢钓鱼，鱼钩不动渔人乐，春钓雨雾夏钓早，秋钓黄昏冬钓草。漫路慢行中，岁月漫过容颜，你我渐渐变老，然后身体慢慢倒下，一缕幽魂空中漫漫飞。

风雨漫，灯饰点缀了夜晚。夜静风轻吹，漫步未觉慢，长路永不厌笑谈。与挚友，漫谈生意场上风生水起月夜秋，慢聊生活琐碎漫夜语悠悠。直到天色微亮那条街，昨夜霓虹慢慢褪。

慢慢地，瑜伽会改变你的生活。一招一式舒展四肢后，盘腿静坐地上，两手抚膝放松心情，微阖双眸，音乐缓缓悠扬中，慢慢让气息徐缓深长，思绪任由漫漫飞翔。轻启朱唇轻声哼唱"玛丹那—牟汉那—木哇利……戈帕拉—戈文达—哇玛—玛丹那—牟汉那"。

蔡依林唱出《越慢越美丽》，慢呼吸慢游戏慢爱情慢慢聆听，慢努力慢慢着急愈慢愈美丽。慢开心慢忧郁慢慢计算星星，慢慢看日出的轨迹……噢无重力，让情绪通通的安静休息，慢慢珍惜。

慢慢地，天亮了。在夏日漫漫中，仰视那高塔般的橡树，明白它长得又高又壮，是因为它缓缓而健康地成长。

# 光而不耀

那天，心闲阅杂书，突然看到了你，就念念不忘地喜欢上了你。

你，草冠野服，幽姿绰约道家妆，玉树临风，精神明澈天然色。

你，贵而不显，华而不炫，语气不惊不惧，性格不骄不躁，气势不张不扬，举止不猥不琐，静得优雅，动得从容，行得洒脱。

你说，"贵以贱为本，高以下为基"。一个人的人格，要有内在的光泽，不能太耀眼。如果光芒到了刺眼的地步，不可逼视，这样的生命就太喧嚣了。

鹰立如睡，虎行似病。地低成海，人低成王。气忌盛，心忌满，才忌露。你说，"用其光"但又必须"和其光"。人在顺境时，不要过度地炫耀自己，以谦卑的"戒盈"心态，努力做到"低调做人"。

虚心竹有低头叶，傲骨梅无仰面花。你主张，待人处世要"宽而勿察"，这是构建和谐人际关系的重要法宝。

你的观点在许多名人处得到诠释，如，

"发上等愿，结中等缘，享下等福；择高处立，在平处坐，向宽处行"是原国家副主席荣毅仁生前最喜欢的一句名言。

画家达·芬奇道："微少的知识使人骄傲，丰富的知识使人谦逊。所以，空心的禾秆高傲地举头向天，而充实的禾穗却低头向着大地，向着它们的母亲。"

作家贾平凹讲，"大情怀是朴素的，大智慧是日常的"。

无劳问踪迹，光阴去了，你依然还在。你名字来自道祖老子所赐，就是"光而不耀"。

# 墨韵地铁

下雨了，窗外并非黑天墨地般，微暗的天空不时传来轻微的隆隆雷声，不用置身于户外，就能感觉到丝丝凉意袭上心头。

天气真是变化无常，昨天，艳阳高照，鉴于路况和停车问题，乘地铁去国家图书馆，太阳公公过分的热情，使我戴上了一副大大的墨镜。

早高峰，名副其实，人们排队按序入车厢，正巧我坐到了一个位子，千载难逢的机会，真是幸福呀，顿时心情愉悦许多。

高兴之余，用墨镜后的大眼睛肆无忌惮地在车厢内扫来瞄去，利用率极高的车厢是满满的，穿着干净时尚的白领们，脸上呈现出不悲不喜漠然状，静静地行数墨寻地看着报纸，默默地把玩着很炫的手机，孔席墨突的人们近在咫尺，在眼前站成一排排人墙。

突然发现在人群夹缝中有一位粉白黛黑的女孩，漂亮的脸蛋，精致的五官，乌漆墨黑清汤挂面般的直发，高挑的身材，正在柔声细语对着手机讲话，周围的男子们装作不经意地时不时瞟上去几眼，多美的女孩，正是养眼的年龄。

列车隆隆，载着冥想在墨黑的地下不断向前。不用与任何人言语，无须和所有的人沟通。墨镜中的我想起吕岩的一首诗，"闭目藏真神思凝，杳冥中里见吾宗。无边畔，迥朦胧，玄景观来觉尽空"。

经过了 N 多站约半小时的旅程后，眼前悠然一亮，能够看到对面座位的乘客，其上方玻璃里，映出一个戴着大大苍蝇墨镜的人，缄默地欣赏着自己。

转换地铁时，随着涌动的人流快步前行，擦肩而过目光交错中，看到墙上有几排醒目语很令人亢奋，"出发，无所谓先后，一路向北；登顶，无所谓高低，一路向北；探寻，无所谓昼夜，一路向北"。

# 阳光午餐

开饭的时间到了，来到咖啡厅一个临窗的位置，翘腿上了高脚凳，把打来的饭菜放在窄条木桌上。

中午的阳光暖暖的，透过落地窗的玻璃，斜射在头上、身上，洒在泛着香味的饭菜上。煜煜阳光动，欣欣客意宽，心里顿时欢愉温暖起来。

她不自禁地双手十指交叉放在胸前，心中默祷："感谢上天赐予食物。"然后，拿起筷子，像老牛吃草似的不紧不慢地吃起饭来。

春天来了，过去的冬天是个暖冬，气温一直在正负6度上下跳动，虽时有雾霾，但大多数是阳光照耀的天气。

马云讲，什么是最基本的幸福感，就是沐浴阳光，沐浴阳光，三点水的木，就是要有水，要有木，要有食品，要有阳光，不管你挣多少钱，你享受不到沐浴阳光的时候，其实是很大的悲哀。

有光的天气，总是有好心情。在这样的时刻，没有特别想起什么，也没有刻意遗忘什么，只是全心全意沐浴在温暖的阳光中，沉浸在香甜的食物里。

# 被她迷倒不是我的错

这个知音体标题是否很煽情，不要笑，与时俱进赶个时髦。

"迷倒"，是我的一位蜜闺挚友，在认识她之前，就冠以此昵称了。

佛曰，"迷倒是迷惑而颠倒事理之谓"。菩萨离迷倒，心净常相续。

我绝对信服圣人的圣言而又不真心实意实行，这并不是圣人的悲剧，而是我永远成不了圣人的缘故。

迷恋古诗词，有，庄生晓梦迷蝴蝶，乱花渐欲迷人眼，风意未应迷狭路，故山凝望水云迷，水云浩荡迷南北，萋萋芳草迷千里，休迷倒，出门无限青青草。

一友短信给她，"我不是男人就已经被你迷得神魂颠倒，若是男人还不意乱情迷"。

她笑眼迷离地转发给我，我短信回，"被你迷倒不是你的错，都是月亮惹的祸"。

她似美丽城堡的一个女巫，有着各样法术一再施法使人迷倒。

"迷倒"似浅溪，欢快潺潺流淌。山深常见鹿，溪浅少藏鱼，她心态浅显令人安心涉足。和她一起旅游我买了一个玉镯，我告诫她，不要告诉别人多少钱哦。后来果真有人问她，她说，不要问我，再问，我快憋不住要道出实情了。

"迷倒"如小草，小草青知山外春，花未发而草先萌，禾未绿而草先青。她不断发掘新奇趣事以求欢心。"亲，又有一个温泉山庄可以去泡了；亲，公安部游泳池游泳可便宜了；亲，遥桥峪农家院空气可清新了；亲，密云水库周边的侉炖鱼可好吃了。"就这样，在她的惊叫中，我冥迷支应着，并随之践行着。

"迷倒"像只鸟，若她在不远处，隔墙听得黄鹂啭，"亲，存折快有一万块钱了，我是富翁，快搜罗着去哪里玩去呦；亲，大合唱要去唱，有奖品呦；亲，广播体操要做，锻炼身体呦；亲，舞蹈要跳，开心呦；亲，聚餐时我要化浓妆穿潮衣，我是主持人呦。"

"迷倒"有"为鼠常留饭，怜蛾不点灯"之心。"亲，我把单位发的鱼给邻居了；亲，我帮楼下水果贩卖了几十袋苹果了；亲，我抱邻家的狗，到宠物医院给它看病了。"我迷惑了，不是有一句"亲戚要好结远方，邻居要好高打墙"吗？

《菜根谭》里说，心体光明，暗室中有青天。如果我们的心足够明净，会发现太阳离我们很近，月亮离我们很近，星星和路灯都放着光明，簇拥我们前行。

"迷倒"笑点低，似一梢红杏出低墙。珍惜你身边笑点低的女孩子吧，听说西周灭亡就是因为一个笑点太高的女人。

"迷倒"携着我，正在通往满足的不归路上，她是千年的狐狸，正在玩着聊斋。我觉得已经飘飘然了，头在旋转，我被迷得脚不着地了。

# 2 疏雨过

闲步亭池
点滴芭蕉疏雨过
疏雨过 半掬微凉

# 旧日蝴蝶结

　　我，注视着这张黑白照片，盯着她头上的蝴蝶结，心扉亦如翩跹着蝴蝶，上下翻飞了很久。稍后，又悄无声息地落回到祷告的内心，照片上的当年小女孩，儿童节快乐呦！

　　圆嘟嘟的小脸微侧着，露出一只大大的耳朵，微张着小嘴，不哭也不乐地瞧着某个地方，胖胖的小手抓着椅子前横栏，如果不是扎着一个蝴蝶朝天鬏，你说是男孩也不会有人怀疑。

　　这是小时候唯一的照片，第二张就是初中毕业照了，照片中的小孩也许才满月，也许已百日。总之，和现在相比，除了耳朵像之外，其他部位皆已焕然一新。那时应该是值得纪念的日子，不然怎会特意到照相馆一游，特此留念呢。

　　从记事起，就记住了父母曾经的一次对话，这孩子长得不错，皮肤白，很乖很懂事，只是脾气有些急，若谁把她招惹哭了，她会哭得昏天黑地找不到北。

　　时间的沉淀，存留在老树，古巷，青苔，雨锈，银黑，发黄的旧照片上，以及从唱机里流泻出来被时光抚摸过的乡村歌曲，或者是怀旧的老歌，充满粗糙的柔情。

记得《圣经》中有一句，"人为妇人所生，日子短少，多有患难。出来如花，又被割下。飞去如影，不能存留"。岁月流逝，幼儿成长为青壮年，变大了，长高了。如初升的太阳漫入正午后，又开始向西边滑去，然后消失在地平线之下。在时光的界限里，生命是光束中飞舞的无数细微尘埃，随风起落，不可存留，不被探测与需索，最后只剩下一地静寂。

保罗·奥斯特在《幻影书》中讲，"人不只有一次生命，人会活很多次，周而复始"。看着照片，感叹人生如梦的同时，很想穿越时间隧道回到过去，钻入黑白岁月之中，扎上蝴蝶结重新茁壮成长一回。

那时父母是朝气蓬勃的，小姑娘是可爱纯真的。

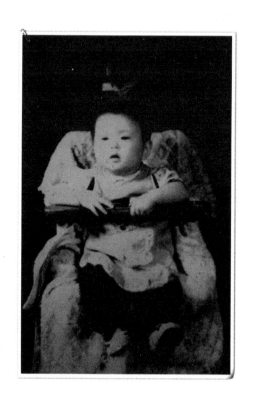

# 那些漫不经心的往事犹如雪花一样飘曳

纷纷扬扬飘了一天半宿的雪终于渐下渐止。沉沉夜幕下的北京又刮起了瑟瑟寒风，树叶在啸风寒泣声中落寂地跳舞，徐徐飞入雪中。茫茫的夜穹云层背后，月亮露出灰白色的脸庞，把冷冷的光洒向人间，使人感知冬天即将来临。

据报道，这场深秋的初雪，是二十二年来最早洒向人间的一场瑞雪。雪很轻，满天飞舞摇曳，细雪弥漫在楼顶院角，飘落在树尖路旁，呈现出一派铅笔画素描般的朦胧景象。由于大地万物还未来得及做好迎接它的准备，所以雪中的天气不是很冷，在飘雪的时刻驾车送朋友去火车站，我看到了在玉树琼花下，红颜如梅的几对情侣在拍照留影。

白鹭立雪，愚人看鹭，聪者观雪，智者见白。这是台湾作家林清玄先生写的一首禅诗，颇值得玩味。白鹭立雪，展示了一幅雪中唯美的图景，以下便是三种人的目光及不同的视点，分别扣住"鹭""雪""白"三个字，从而对人的审美境界进行排列，说得透彻，论得精辟。

十多年前的冬天，在国外的某个城市，下雪已经成为一种常态，漫无边际的旷野平畴，在白雪的三四寸厚的雪褥下面默默地藏起了身子，好像连探出头来挣扎一下都不情愿的样子，整个冬季直至早春，都看不到地皮的颜色。遍地的萋萋芳草，匆匆来去的游蜂浪蝶，都隐匿得无影无踪。装扮成一身银妆的秃枝被压抑得欹欹歪歪，路旁的冬青树，依旧在雪中舒展着枝丫，幽幽的绿叶上面，齐力顶着不薄不厚的一层雪帽，向着路过的人们行着注目礼。

那里的地下蕴藏着温泉，暖暖的气温使地面并不是很冷，内穿一件薄毛衣，外披一件厚夹袄就能顺顺当当地过冬。雪后初霁的清晨，太阳露出灿烂的笑脸，暖暖的阳光洒向大地，或近或远的山谷，树木，院落，在雪光的映照下，银装素裹，分外妖娆。

凉潮天气中的公交站牌旁，零星地站着几位穿着校服的女孩子，短裙抵膝，黑色皮鞋，脚套着白色半筒棉线袜，安然自在地裸露着一段小腿，背着书包，手拿着素雅的雨伞。她们犹如雪地上的麻雀，叽叽喳喳地嬉笑着，等候着车的到来。

公路上跑着带有特制防滑链的汽车，铲雪车的身影在街头巷尾忙碌穿梭着，道路两边或树周围是临时耸起的一座座小雪堆，好似一朵朵盛开着的白色山茶花。

每次下雪，惊叹于雪景世界的同时，我也会皱起眉头。因为雪的频繁造访，宽宽的公路上雪被铲到路边，每次出门学习或打工就只能推着自行车，在齐膝的雪里跋涉。被汽车压过的路面，瓷瓷实实光滑如镜，骑自行车滑倒摔跤便成了我的家常便饭。曾经掰着手指数过，一个冬天摔跤十三次，迎合了西方不吉利的数字。

穷途末路之时，把自行车车座下降到最低，以延长双腿的长度，这样就可以双脚擦地，以防万一时刻把握住平衡。朦胧地记得，一位我所打工的料理店的店长对我夸奖道："优桑的腿很长哦。"美滋滋的同时，才感觉到他夸奖的另一用途，只是长腿骑自行车在他们那样的路况上，照样会摔得头破血流。

记得有一次，已经电话预约好去老师家拜访，第二天却下起鹅毛大雪，骑自行车行驶在风雪中，路漫漫，风萧萧，眼迷离，路光滑，心很怕。倍加小心地到一个下坡时还是狠狠地摔了出去，甩出去的同时脑子里立刻闪出一个念头，也许此刻葬身于轮下，从此再也看不到雪停日出了。

　　在一片金花四溅中慢慢爬起，龇牙咧嘴地看着不远处停下来的汽车，顾不上疼痛地一瘸一拐地拽着车子挪到路边。稍镇定片刻，辨别方向后，就这样额头顶着一个大包去拜见了老师。老师看到后，很是内疚，频频道歉说着自己的不是，好像额上的包是她拿大棒打出来似的。这位老师就是这样，不大声言语，言语中带着歉意的微笑，语速缓慢平和，却有温暖在语言的内部支撑着。

　　在那里，在那时，有初谙世事的朦胧，有语言不通畅的尴尬，有失落伤心的灰色心情，也有回味无穷浓浓的友情，更有那漫天飞舞如梦似幻的雪花。这些林林总总的往事缠绕在一起，犹如刻在脑海深处中长长胶片上的一幅影像，时时触景生情地放映出来，欣赏玩味着那段时光，那场飘曳的雪花。

　　飘舞着的雪花，轻悠悠，摇曳着婀娜身姿，漫洒出清新和圣洁；洁白的雪景，凉丝丝，预示着来年的丰收，散发着纯粹的宁和。它滋润着烟熏火燎心间的同时，也撩拨起一丝清凉与舒爽。

# 草与花

草与花是姐妹俩，草是姐姐，花是妹妹，虚岁年龄相差 2 岁，但其命运迥然不同。

花长得非常漂亮，犹如一朵鲜艳的花朵引人注目。一头密匝乌亮的头发，前刘海自然卷曲优雅地在前额飘曳，装扮着棱角分明白净的小脸，穿着淡雅的花裙似美丽蝴蝶，谁见了都说她好看，曾有人见了不化妆的花，说花像极了电影演员张瑜。

草犹如一棵普通的小草，黄软的头发，苍白的脸有点贫血的感觉。草曾清楚地记得，上小学时，有一位讨厌的同学背后里说草是"黄毛精"，当时草的自尊心受到了极大的打击，自然而然地就形成了一种在众人面前很容易害羞，自信心不足的性格。

草与花俩人站在一起，草就是花的陪衬，衬托出花的俊俏。别人会惊讶地叫道，你们是亲姐妹吗？妹妹怎么长得这么漂亮。那时草既高兴又伤感，多次暗自琢磨，若我的长相和妹妹一样该多好呀，一定去当电影演员。

花虽然长得漂亮，可惜花有病，是携带终生的病。在花和草二三岁的时候，她们的妈妈为了工作，把她们送到了农村老家，由爷爷奶奶照看。

由于乡下卫生条件差，花被蚊虫叮咬后，发高烧被送进了医院，确诊为脑膜炎，昏迷不醒的花小小的身体被冰块冰着，差点死了。幸运的是花从阴曹地府中走了一趟后，病愈出院了。

这都是后来听她们父亲说的，父母以为花没有什么事情了。到了上学的年龄，随着学习压力的增大，花就抽起风来，她还是落了个脑膜炎后遗症，上完小学四年级就不去学校了。

草却很聪明，学习很好，听话懂事，大学毕业后顺当地工作，在父母眼中一直是一位很省心的乖乖女。花却让父母很操心，长到十六七时也参加了工作。

俩姐妹都长大了，相继结婚生子，她们的儿子也是相差2岁。

花的老公一米八几瘦高的个子，眉眼周正，老实憨厚，是工厂的一名钳工。结婚后住在婆婆家，吃喝拉睡以及孩子的抚养，婆婆都全包了，上班的饭菜婆婆会准备好，花什么事情也不用管地享着清福。

草的婆家是外地的，家不富裕，而且公婆都是七八十岁的人。老人不需要草来照顾就不错了，孩子自然是指望不上公婆帮忙了。草的老公是一位事业型的人，在他父母面前是吃饭张口，穿衣伸手的主儿。结婚后，就是一门心思地忙工作和学习，无暇照顾家和孩子。孩子自然由草来带，姥爷姥姥协助帮忙。由于草和她老公很努力工作，相对来讲，事业也算是比较成功，逐渐成为被家里及亲戚们信任和羡慕的一家人。

几年后，花的婚姻发生了变故。也许是花的脑袋得过病的缘故，和正常的人总是有些区别，脑筋直，不转弯，认起死理来，能活活气死人。有一次和她老公闹矛盾，跑回了娘家，弄得越来越僵，在儿子5岁时花就离婚了。

花有病，照顾不了儿子，就把儿子归男方，继续由奶奶带着，奶奶就这么一个孙子，很心疼他，儿子跟着奶奶肯定受不了委屈，只是不让花去看，弄得花总是泪眼蒙蒙地想儿子。

花年轻漂亮，不久和一位岁数比她大许多的男人结婚了，草看过这位妹夫年轻时候的照片，长相蛮英俊潇洒。前妻病死了，花跟了他，他心里高兴地乐开了花，返家路上常看见他弓身背着花上下楼。

随后带着花去山西等地求医问药，不断地抓药，花一直吃药到现在，病情也逐渐减轻，偶尔犯病身体不抽搐了，只是头晕一两分钟。

花的单位不景气，加上花又有病，就在家休养。新老公带着年轻花媳妇满世界地去旅游，把全中国甚至连东南亚地区都转个遍，只差没去西方世界。旅游照片贴满了整个房间，都是花的俏影和幸福的模样。

逢年过节全家相聚，花看到草的儿子时，时常眼睛发直地想着，念叨着自己的儿子应该也很高了。从和前夫离婚后，她不能去婆家看望，有一次带着一堆零食等候在小学门口，但儿子被奶奶教育得不认她，把东西扔得七零八落地说，他的妈妈已经死了，死活不认地跑掉了。到上中学时，转学走了，就一直没有见过面。

岁月流逝，十几年过去了，老男人已经老了，也不带花去什么地方了，他要想方设法地拼命挣钱以防意外和防老，也就不怎么浪漫了。

花独在家没事做，早晨四五点钟就起床，去附近公园锻炼身体和跳舞，成了花必备的功课。犹如她的姐姐草每天忙着上班一样准时准点地风雨不误。她老公有洁癖，什么飘柔洗发水，抹脸的化妆品之类的东西，统统说成是化学品有毒，怪味刺鼻，不让花用，也不让花收拾房间或做饭。

花本来就不会做饭，懒得干活，倒落个轻松自在，快乐逍遥。她老公出门前，提前把饭菜替花准备好，花吃饭很挑剔，不吃这不吃那的，身子瘦得犹如一枝干花。

男人需要挣钱，年岁也大了，疲惫交加的他逐渐满足不了花的生理需求。花就说，她脸上起小包包，脸色灰暗无光了，每天怨声载道地开始讨厌他。

在跳舞场花认识了一位来自山村到市内打工，穷得叮当响三十几岁的光棍汉，光棍汉除了穷没有钱挣一分花一分外，其他条件还是不错的，长得也算挺拔秀气，对花特别的好，所以二人的爱情犹如干柴烈火地燃烧起来了，这个时候，花的父母和姐姐草再怎么阻止也是没有用的。

老男人虽然无奈，但也没辙，想想自己这么大岁数了，常常出外挣钱不在家，时常担心花犯病时没人照顾，正好他俩在一起就放心了。他不想离婚，虽然是病妻，但好歹也是个伴，就睁只眼闭只眼忍了。

花有病，别人就不愿和她计较什么，他们的父母也不指望花能为他们怎样，只要她自己不出事就念阿弥陀佛了。也许老天有眼吧，虽然花犯病时不挑地方不选场合，但她总会轻而易举地把危险躲过。由于没有什么可操心的事情，每日清晨锻炼和跳舞，回家就是吃闲饭、睡到日上三竿，实在无聊就到外边溜溜达达。所以，除了她那点老病根外，身体和心态要比草健康和快乐的多。

她们的母亲常唠叨道，花是命好呢，还是命歹呢。两个男人伺候着，一位出外挣钱，一位陪着玩乐。总是担心她有什么意外，身体却比草的身体还棒。

父母有病住院，是草在医院打地铺整夜陪护着，住院费也是草来支付，草的脑子里就没指望花来陪护的概念，因为花有病。

过节时，草大包小包的东西往父母家里拎，捎带着再给父母一些钱，家里的大事小情都是草出钱出力，花就可以既不买东西又不出钱。不用指望她了，不添乱就不错了，这是她们父母常说的一句话。草在一百次出钱出物的情况下，花偶尔也把自己的钱拿出点孝敬一下，母亲会激动得泪花点点。

电话铃声响了，如果是草的电话，母亲大多听到的是草问候父母的声音。若是花的电话，大多是她老公讲花的犯病或闹别扭的声音。

草是父母亲的乖乖女，有烦心事也不愿跟父母讲，怕他们跟着担心和操心。在亲戚们眼中草也是嫁得好，过得好，很风光的一个人。

国庆节期间，花在家独自泡脚，由于头晕，滚烫的开水洒在了自己腿上，当时像没事人似的去了公园玩。后来腿红肿起泡了，她老公回来后慌了，忙打车带她去医院，又开药又输液，背着抱着上下楼地跑。由于有工作要做不得不离开，花就又娇滴滴带着哭腔打电话给她的男朋友，她的男朋友二话没说，临时工也不做了，专心致志地伺候在身边，替她抹药替她擦身，去哪儿都用自行车带着。有时，草会想，花过的是皇太后的生活。

巧得很，也正是那几天，草在厨房炸羊肉串时，唠叨了儿子几句，儿子暴跳如雷失控地掀翻了油锅，油泼洒到草的胳膊上，顿时红了一片。草的老公回来并没有责备儿子，只是急忙找出烫伤药给草抹上，然后去收拾厨房。

草独自伤心地驾车上了高速，她笑着扬起脸，不让眼泪落下来，猛踩着油门，却理智地没有超速，本想去任何一个地方都行，却不自觉地回到了娘家。草的母亲很痛心地看着草红红的胳膊，娘家没有烫伤药，草独自出门到药店买回药给自己胳膊又抹上一层药。

第二天，花的男朋友用自行车把她带来娘家，花蹦跳着坐在沙发上，晒着自己的双腿，说着自己的险情。草见有人来，赶紧放下袖子遮住火烧火燎的胳膊，怕别人看到会担心和笑话。

过完节，该走了，草把买来的烫伤膏送给了花，留下 500 元给她，又给父母留下钱就走了。花把腿烫了，好多人都知道，又送钱又送药，又有人伺候着。自己娇贵着，别人呵护着。

草把胳膊也烫了，至今红红的伤疤仍很刺眼，但她怕人知道，独自舔舐着伤口，装作无所谓的样子。只是当时很伤心，又赶上节日不上班，不自觉地驱车奔向了妈妈，委屈的泪水如河水开闸似的流淌了一会儿就收住了。然后微笑着告诉妈妈没关系，烫得不重，不影响干活，帮着父母料理一些家务，自此再不提这件事情。

草是为别人活着，和妈妈探讨人生时草说，妈妈，我要是没有你们，也许会轻而易举地走了，因为你们年龄大了，需要女儿的照顾，需要我来养老送终。

花是为自己活着，而且是别人为她活着，她不用为儿子操心，儿子照样活得好好的。她不用为任何人操心，不需要担心别人的感受，她只需别人来照顾来呵护。

草要为一切而活着，要照顾好自己的家，过好自己的日子。父母看到女儿过得好，他们需要有引以自豪的资本来向别人炫耀。父母高兴了，草也就高兴了。花高兴了，草也就放心了。

草有时在想，这辈子，是草的命好呢，还是花的命好。花有病，但病着却快乐地享受着人生。草是正常人，有自己的压力和烦恼，更有自己的责任和义务。所以要经常微笑着对待别人，不需要别人来伺候和怜悯，只想自己担当着一切。她活着是为了自己，但更多的是为了别人，为了父母。

花未开时，花还是草。花已开时，草已是花了。

# 觉自己

亲爱的，还好吧!?

举世人生何所依，不求自己更求谁。从现在起，为了骄傲地活着，要好好爱自己，不要为难自己，过于苛求。

亲爱的，还好吧!?

莫觅他人短，唯思自己长。你有一万个理由要对别人好，没有一个理由要求别人对你好，期望越少快乐就越多。这个世界，只有回不去的，没有过不去的。

亲爱的，还好吧!?

你不能选择最好的，你只能选择最好的自己。处身谦让性和光，与物无私，心地得清凉。快乐、开朗、豁达、厚道必须做到，这样你才会幸福、平安、健康、长寿。为自己祝福吧，日日月月，时时刻刻!

亲爱的，还好吧!?

告诉我，你认为自己是哪种人，我就能告诉你，你不是哪种人。寂寞而自我，平静而倔强。人生可问，命运不可问。什么是幸福? 一个相对舒服的痛苦。

亲爱的，还好吧!?

你醉看天天看你，像一枝自由自在的花，荣，是本分的；枯，也是本分。间或，独自行兮独自坐，独自歌兮独自和。独自行至绿水旁，有些风，有些月，有些凉。

　　寂寂春已至，迢迢路未央。歇歇脚，听听曲，继续上路。

# 坚持

坚持是个持续的过程，是一种赢的姿态。坚持！就是不懈！没有断续。它有些坚强和执着，需要耐心毅力。

古罗马诗人奥维德说："忍耐和坚持虽是痛苦的事情，但却能渐渐地为你带来好处。"长城坚持着屹立不倒，彰显出其万里的恢宏。长江坚持着经年流淌，养育着华夏子孙万代。涓滴之水终可以磨损大石，不是由于它力量强大，而是由于昼夜不舍的滴坠。

坚持到底是难的，过程需要大量反对意识的阻挠，谁能持久？谁能？我会坚持地活下去，这是绝望后的呐喊。我会坚持地走下去，哪怕把地球走穿。邱少云在烈火缠身的情况下，为了胜利，到生命最后一息坚持没有动。

福楼拜说，"才气就是长期的坚持不懈"。坚持不是刹那，是永久。坚持下去的，是时间的结晶，是"泪陨血而崩城兮，身立枯而化石"。

坚持，是坚如磐石持之以恒。看似无情，实则动心。

真正的坚持，是分秒不曾改变。到死，也是这个姿势，像那些琥珀，像那些钻石。

琥珀是永远将刹那定格了。而钻石，足够的坚硬，对抗时间，不管岁月多绵长，它的亮度，不曾改变，坚持照耀着这黯淡的时光。

从生，到死。坚持，就是这样一个谜，无解也好。就坚持不懂吧。懂了，就坚持不了了。

坚持着一路往前撞着跑着，总有到头的那天，再黑的夜到头也得亮。就坚持这样走吧，看吧，生活吧。就坚持这样悲凉着、喜悦着吧。

就坚持这样在时间左右，与它为敌，与它反戈，再与它，化干戈为玉帛吧，那玉帛上，写着两个字：坚持。

# 幸福就是蛋炒饭

　　有时，几根面条就能撑起一段日子；有时，一堆黄金反而把日子折腾得东倒西歪——财富不等于幸福。

　　记得一个严寒的冬天，北风呼呼地叫嚣着，仿佛告之人们，这个冬季有他们的歌唱会更像冬天。我饥肠辘辘地去菜市场买菜，走入一趟趟高棚搭起的市场里，卖菜的人和蔬菜水果一样微缩着身躯。

　　突然，在一个菜摊处，看到一位女摊主，端着一大碗热气腾腾的汤面，粗粗的面条上面有一小撮绿叶菜和几块牛肉，我知道这碗面在菜市场内顶多五六元钱，但看起来她吃得香香的。

　　有一天，已是下午两点，去健身中心，有些饿，瞥见路边一个小吃店，想想自己还未吃饭，就走进了这个小店，看看菜单就是面和炒饭，价格却不是很贵，一般七八元一份，我点了一碗青菜肉丝米线，正在吃着。不一会儿，进来一位三十几岁的男人，他要一份蛋炒饭，一瓶啤酒，特意嘱咐再添加两个鸡蛋，共三个鸡蛋的炒饭，而且不要把鸡蛋炒得特碎，要大块的。

　　我想，他这一顿也就是十几元，但会吃得好好的，饱饱的，很有满足感。我也知道，饭店西侧一个卖电子产品的市场，很多是小商小贩，他们在百忙之中，只求吃饱即可。

仔细想想，人生的幸福就是一碟蛋炒饭，或多加两个蛋而已。谁又能说，这一碗汤面和一碟炒饭的满足感不叫幸福。

如今，在经济爆炸的时代，各大饭店云集，节假日饭店里人满为患的景象比比皆是，人们在去饭店前其实肚子并不饿，望着满桌子盆满钵溢丰盛的佳肴，胃口并不怎么开，吃完后，满桌子的狼藉剩下的不只只是粮食，还有浪费和虚荣。

曾国藩只吃眼前一道菜，"一食千金，吾口不忍食，目不忍睹"。

"对一个人来说，生理需求是非常容易满足的，而永远都填不满的，是无边的贪欲。其实，人生在世，所需无多，因为，你只有一个胃"——马晓伟在《你只有一个胃》中这样讲。

"一顿饭如知道有八道菜，每道菜都会品尝出滋味；反之，如果没完没了，到最后你只会希望这顿饭赶快结束"——蔡康永谈生命，认为有限的生命反而更能品出味道。

健康流行"三个少四个八"，口中少话，心中少事，腹中少食；吃八分饱，喝八杯水，走八千步，睡八小时。

民间讲，人的肚子，杂货铺子，吃饭不知饥饱，难过不知多少，一顿吃伤，十顿喝汤。头要凉，足要暖，肚子要不满。

上好的生活，只需要老实地爱一个人。一盅薄酒，一碟小菜，一杯清茶，一袭素衣，一本好书，一首佛曲，一条老狗，一缕阳光；一个早晨里的微风浅笑，一个黄昏下的细雨散步；一个上班路上的独思漫想，一个静夜月中的无忧安眠；一份繁忙劳碌中香喷喷的蛋炒饭，一碗寒冬腊月中热腾腾的面条。

一生，就这么简单地过来了。

# 六月，我们分手

六月，很特别的季节。前些天，我和你分开了。相守相伴了七八年，如今虽然你给予我一笔丰厚的金额作为补偿，但我还是决定离开你。

七八年前的今天，我从芸芸众生中精挑细选了你，人们都说你是支潜力股，有前途，有价值，若付出就会有回报。

起初，你表现得相当的不错，积极向上稳健发展，取得了可喜的成就。慢慢地，在外界和大环境的影响下，你走了下坡路，逐渐陷入泥潭中无法自拔。

在希望，渴望，焦急中，你已变得无可救药，你让我们的财产减半甚至更少，你萎靡不振，使我时常处在食不言，寝不语的状态，在期望中失望，在失望中绝望。我一直处在离开你又割舍不得，看好你又空有幻想中，最后决定对你置之不理。

无常性是所有情况的本质，也是生活中将会遇到的所有情况的一个特点。它将会改变，消失或不再满足你。

三年过去了，我未看过你一次；五年过去了，茶余饭后中偶然和人谈起你，心已从最初的无奈到麻木。

你在你不在一个样，你有你无我不关心，你的表现，你的状态也遭到了众多人的谩骂，愤怒，甚至想跳楼轻生的大有人在。

七年过去了，你还是那样，一副死猪不怕开水烫的架势存在着。

今年开春，人们逐渐开始议论你，讲你和春天一起开始复苏了，我漠然，照旧我行我素。

最近，一朋友对我说，她把守了多年你的朋友，抛弃了，得到了一笔慰问金，要到国外去旅游，发誓要把这笔钱挥霍掉。

这时，我突然想到了你，开始关注你，此刻你已经悄然变好，积极向上地挣钱，不到半年的时间，你的身价飞速上涨。你又回到了七年前你奋青的模样，并比那时还精神焕发，神采奕奕。我开始对你刮目相看，你开始让我的苦等有了回报。

据科学家统计，人对一个人或一件事的忍耐极限平均是 46 天。也就是说，如果你连续 46 天不理我，那你第 47 天就再也别指望我会理你了。

离开你，虽有些不舍，相依相伴多年虽没有了爱情但有了亲情。

离开你，虽然你充分发挥了你的潜力，若继续相守今后有可能前途无量。但我不想再赌了，也不想再过跌宕起伏的生活。我把握不住你，更猜不透你难以捉摸的心，你让我心已漠然。

笼鸡有食汤锅近，野鸟无粮天地宽。再见了，相依相伴七八年的你，你让我有期待，但更多的是落空。虽然临别时，你用财物的提升回报了我这几年的相依相守。但我还是走了，人生能有几个七八年。

周国平说，我们在黑暗中并肩而行，走在各自的圣路上。以后我走我的阳光道，你过你的独木桥，无论你今后的境况如何，是富贵是贫穷与我无关。

再见了，祝你一路走好，让以后持有你的人高兴幸福。

再见了，也祝福我自己，今后的路还很长，过一个平淡，无起伏的生活挺好，生命应该浪费在美好的事物上。

挣钱不易，投资有风险，让我们且行且珍惜。

再见了——你的名字叫基金。

# 人生好似画圆圈

缄默苦思冥想，脑子里画圆圈，写点什么呢？思绪似一座圆圆的旱井文思枯竭，觉得生活就是由一个一个圆圈组成的。

墨子曰："圆，一中同长也。"古希腊一位数学家说，在一切平面图形中，圆是最美丽的图形。有了圆，世界变得美妙而神奇，任何图形在一次次磨掉棱角之后会变成圆。

举手投足之间，圆圈无所不在，星球及其运动轨道，下落中的水滴，石块投入水面产生的波纹，树干的截面等。中国的太极图，传统的圆形剪纸，古代的铜钱，北京的天坛建筑，风车的旋转动作，钟表的指针嘀嘀嗒嗒地走着圆圈，圆圆的瓜果梨桃，人也是圆颅方趾的形象，人生的一个轮回等。圆具有对称性，匀称、稳定、和谐。

用圆来组成的成语有许多，寓意深刻。

大多情形下，人不能左手画方，右手画圆；古代人用圆冠方领来寓指儒者；事缓则圆或事宽即圆，指碰到事情不要操之过急，而要慢慢地设法应付，可以得到圆满的解决；明月不常圆，比喻人生不能事事完美无缺；珠圆玉洁或玉润珠圆，比喻诗文圆熟明洁；字正腔圆，形容吐字准确，唱腔圆熟；用蛾眉倒蹙，凤眼圆睁来形容美女发怒的面容；功德圆满或功行圆满，比喻举办事情圆满结束；圆木警枕，用圆木做枕头，睡着时容易惊醒，形容刻苦自勉；比喻亲人离而复聚的骨肉团圆；说话的人能使自己的论点或谎话没有漏洞地自圆其说；用外圆内方或文圆质方比喻外表随和而内心方正；与之相反外方内圆，指外表正直，内心圆滑。体规画圆，犹言依样画葫芦，墨守成规，一味模仿；随方就圆，处事顺应形势和情况的变化，待人随和而不固执；破镜重圆，比喻夫妻失散或离婚后重新团聚；八面圆通，形容为人处世圆滑，处处应付周全。

每日上班到单位下班回家就是绕圈圈，即使下班后有其他事情去了别处，最终还是回家和家人团圆，第二天再去上班工作和同事相处。人能力大些，飞得远些，所画的圈圈就大些。如果用笔把每天行走的路线画出来，就是一个个或圆或扁或带有锯齿的圆圈圈。

人的生活是如此，从每天的躺→爬→坐→站→走→跑→走→站→坐→爬→躺，到人的一生也是如此，从无到有，再从有到无。

人的成长也是如此，在孩童年代，天真烂漫，小小的圆脑袋里装着好多新奇的想法，身上有很多"棱角"。随着时光如水般流逝，人经过岁月的洗礼和磨炼，不知不觉中，逐渐把身上的"棱角"慢慢磨平，向"圆"发展。可以说人的成长过程就是一个从见棱见角的青涩年华到圆润世故的成年人趋势发展。

人的生长过程，小孩（需要照顾）→少年→青年→中年→老年→老小孩（需要照顾）。

人与人之间的关系也是如此，亲近的人半径小，疏远的人半径大，一个人犹如一只蜘蛛在网中央编织自己的网，这张网辐射出一圈一圈的圆圈，每一个节点上都是与人的关系交点。

人行走在圆圆的地球上，抬头慨叹苍穹圆。白天，人像园圆葵一样，迎着圆圆发光的太阳微笑，日出而作；夜晚，圆圆的月亮高挂在天空，人们睁着圆圆的眼睛眺望繁星点点，日落而息。睡眠时奢望做一个圆满的梦，装满心底花园。人们时常端着圆圆的酒杯，感叹生活是一杯酒，包含着人生的酸甜苦辣。我们跳着人生圆舞曲，期望有一个花好月圆的生活。

世界万物都是周而复始的，不断地开始，不断地结束。每个人在自己的生命轨迹上不断地绕着圈，圆着梦，画着圆，每一个圆圈时空轨迹都是迥然不同的。

# 觉得自己是根儿葱，可谁拿你炝锅呀？

觉得自己是根儿葱，可谁拿你炝锅呀？

看到这句话，不要惊诧，这是我对着大葱自言自语。

前天下楼，看见楼下邻居在楼梯转角处放置一捆大葱，至少也有 10 公斤重，就开始替他们发愁，这捆葱要怎样吃才能吃完呀。

小时候，我讨厌吃大葱，特别是汤里菜里的葱，被熬成或炖成软塌塌的，口感和味道怪诞得难以下咽。如果吃到它就会清肠刮肚地呕吐不止，吐到一佛出世，二佛涅槃。所以，只要菜里有葱或者蒜，就不吃了，甚至菜梗类，菜帮类的东西一律拒吃。结果是，人长得瘦瘦的好像一棵细细小葱迎风摇曳。记得爸爸经常吓唬我道，人若是一百天不吃蔬菜就会死掉的，着实让我惊恐发蔫了一段时期。

青葱岁月，匆匆那年。老家的一位叔叔来看病，临时住在我们家。住了一段时间后，我一进他所住的房间就有一股难闻的味道。叔叔当时得的是风湿病，就以为这种病的味道就是这样子的，后来发现是放置在墙角已腐烂的大葱的味道。

深秋季节，浅葱的叶子开始滑落的那天，厨房里时时发出难闻的味道，四下找寻揣测着是什么东西。被遮盖着葱的旁边有一箱石榴，当时惊异石榴怎么能有这种味道，害得我把半箱石榴都扔掉了。隔天才发现罪魁祸首是老公买来的两根大葱，已经遇热腐烂得不成样了，拎起来软绵绵的不成型，犹如鼻涕似的沾了一手的怪味。

大葱属于百合科草本植物，既可直接食用，也是调料佳品。它含有一种蒜素的挥发油，有很强的抗菌作用。大葱性温，味辛平，入肺、胃二经。一般来说，大葱的功效是发汗解表，散寒通阳，解毒散凝。主治风寒感冒轻症，痈肿疮毒，痢疾脉微，寒凝腹痛，小便不利等病症。

针对葱也有好多俗语：如，家家备大葱，身体天天在放松；大葱蘸酱，越吃越胖；小葱拌豆腐一清二白；你拿自己当根儿葱，谁拿你沾酱啊；一碗汤上浮根葱，青龙过海；或是你真是个大葱（大了聪明了）；等等。

长大了，对吃葱的厌恶感逐渐减少了，但也没有到特别嗜好的地步。知道煎饼卷大葱在山东很有名，但不奢望；小葱拌豆腐，透出一种清淡养身素亦鲜的味道，只是抿一口清香；北京烤鸭如果没有葱丝就缺少其特有的味道，但不夹葱丝也吃得津津有味。

虽然不喜欢吃葱，但喜欢它的颜色和寓意。沿着葱葱郁郁的小径散步，走进葱蔚洇润花园里，有洁净的鹅卵石的河滩，上有明月，近有春风，水波不兴，野花幽香。坐下来静静地享受蝉噪林逾静，鸟鸣山更幽的意境。记得有一典故，"春山澹冶而如笑，夏山苍翠而欲滴，秋山明净而如妆，冬山惨淡而如睡"。葱翠欲滴和苍翠欲滴是近义词，好似模样相同的一对双胞胎姐妹。

曾经有一段青葱年代，非常喜欢葱白或葱绿色的衣服，葱白的上衣简洁与清纯，搭配葱绿色裙子和裤子清淡和雅致，莹润的绿与流光的白相得益彰，感觉自己就像一棵美人葱。

在东京银座逛街，看到一条葱绿色裙子和同样面料的葱绿色裤子很漂亮，但价格不菲。犹犹豫豫地走来走去，恋恋不舍地转回来时，裤子已经卖没了，只剩下一条裙子，裙腰的尺寸很大，但还是欣然地买了下来，以至于不束腰带就不能穿起来。但觉得就是很好看，喜欢的不得了。

纤指若葱白，纤手玉葱是形容女子纤美白腻的手指宛如玉葱一般令人垂涎爱怜。呈现出雪白纤手探出宽松的衣袖，修长玉葱指轻轻一弹，五缕淡青色的螺旋罡风，在指尖之处浮现而出之美态。

出家人不吃大葱，因为大葱是五辛葱、蒜、韭、洋葱、兴渠（印度香料，又名阿魏）之一，佛教戒律禁这五辛。也许我的前世就是出家人，因为这五辛我都不青睐。

大葱觉得自己是根儿葱，可我不爱拿它炝锅。虽然葱有令人羡涎的调味本事和 N 多的功效，但我从心理上还是不能真心容纳它，包括它煮熟了的味道。只是把它当作一种植物，来欣赏着它清纯青葱的气质。

在青葱岁月中曾经模仿葱的俏样，感觉自己像一棵葱郁的葱，自以为是地希望别人拿它来蘸酱或是炝锅。但后来发觉，自己从来就不是非我不可的一棵葱。没有我这棵葱，世间还是一片郁郁葱葱。那我是哪棵葱，揣度琢磨了三天也没有答案。

我只是我自己，有令人喜欢和讨厌的秉性。所以，也就不太把自己当成一棵葱，或是在意自己是什么葱了。

# 轻轻白云飞

　　不记得他来自何方，不记得他去往何处，他犹如从白云生处走出，又如白云一样随风飘逝。

　　白云飞，是一个人的名字，我小时候遇到过的一个人，也许是我小时候招人喜欢，总之，在上小学的年龄，他认我为他的干女儿。

　　他孤身一人，从未处过对象或结过婚，听大人讲是身体的原因，但确切的我也不知，因为那时我还不懂世事，记得他比父母的年龄大几岁，三十有余四十不足的样子。

　　他在一个化工厂工作，挣钱不少，因化工厂有污染，所以就搬到了我们所居住的院落，不久我们便从所住的区域迁到市中心一个地方。

　　他随着化工厂一起走来，对于他的长相，听到过别人嘴里的描述，连巴胡子，抠偻眼，黑三郎。精干消瘦的身材，眼窝深陷，脸型好似西方人，皮肤比较黑，性格脾气好的有些窝囊。他父母那时年纪已大，就这么个独子，据说他是领养的孩子。

　　他特别喜欢小孩，常常买来铅笔、橡皮、糖果等小玩意小零食，送到我们一群围着他要的手中，小手很多，不够分，他就应承下来，指天画地保证，明天他再带来。可是，第二天看到他时，他却不一定带来，我们就很生气，说他说话不算话，没有信用。待他再带来东西时，又是不够分，又是承诺下来。记忆中的他，从不会拒绝，总是不断地承诺，不断地失信。

记得他买得铅笔笔杆是花色的，上面有小动物在跳舞，各色的橡皮是甜味的，嗅起来一股清香沁人心脾，在那个物质比较匮乏的年代，他的诱惑力是很大的，是无法抗拒的。

他给我这个干女儿，买好看的衣物，买好吃的食品。记得一次清晨睡懒觉，太阳已经日上三竿，暖洋洋地照耀着我，睁开眼睛一看，他远远地坐在床沿上，默默地看着我睡觉，我从被窝中伸出胳膊，他马上过来，笑眯眯地抚摸我的脸和手，幸福得如盛开的芍药花。

但我很气他给我东西之后，也给别的孩子，嫉妒他的博爱。很气他不守承诺又不断地承诺，不喜欢他的笑眯眯看人的眼神。

所以，后来就不太喜欢他让我是他的干女儿，曾噘起嘴后背紧紧贴着墙根站着，以绝食来抗争，故意气他，故意不理他，故意惹他不高兴，给他心里添了许多哀叹。

在我不愿意的情况下，干女儿辞职了。过了一段时间，又认了别家的一个女孩为干女儿。他很少再给我买好吃的东西，又继续给那个干女儿承诺，买东西。

地震了，据说他未受伤。搬家了，他的消息也时隐时现地消失了。

时光瘦，指缝宽，转眼几十年过去了。从未想到要联系他，也不知他是生是死，留在脑海中的只是他淡淡模糊的身影。

风吹过来一片白云，轻轻地飞呀飞，带着微笑的气息弥漫而来，在过去的过去，曾经的曾经飘动着，淡淡地洒下几滴清凉的雨滴而去，现在的现在它已成为过去的浮云。

仿佛，又听到他在承诺：

孩子们，明天给你们带来好东西，带来漂亮的铅笔，甜香的橡皮，好吃的糖果，还有好看的头绳儿……我保证，一定带来，不要生气，我只学会了承诺，还未学会拒绝，我喜欢孩子，特别喜欢漂亮的女孩。

　　白云飞，貌似犯了一个错误，不该不断地承诺，因为不断地承诺，就要不断地兑现，无休止循环结果，最终总有不兑现的那一天。

　　昨天，我做了一个梦，梦见了白云淡淡地飘，清风绵绵地吹出轻扬的音乐，迎春花开满了小径两旁仰着笑脸，一个小姑娘穿梭在白云层间，翘着裙角在白云上飞呀飞。在白云碧缝中，恍惚看见一人出现，孤寂索寞，幽然的身姿尚未及回转，自白云深处中缓缓隐去。

　　女孩儿是花儿，飘飘摇啊摇的一身骄傲，实在愿意延长这骄傲，尽管这骄傲很鲜艳，也很肤浅。眼前自浮起一则往事里的美丽，美丽里暗自缭绕的稠愁。

　　幸福，我们往往是回忆，而幸福无所不在，也许它就是蓝蓝天空上的一片白白的云儿。

　　白云飞，白白的云儿在飞，好洒脱飘逸的名字。云，形态洒脱，飘动，不拘一格。

　　时或仰望蓝天上的白云在飘，仿佛看见他暖暖地笑，阳光洒下来，身上好像会发出蒙蒙的光。淡淡倦倦的神情，隐隐感伤的话语，一切看似云淡风轻。我对着他微笑，似乎听见周围的空气里春暖花开的声音，阳光在最美丽的云层上面，穿透时间。

　　一片白色的云儿，在天空中飘浮，任风东西，忽高忽低似要落地，忽缓忽急倏地又起，没有着落，没有目的，不知何为起始，何为终止。

　　想起三毛，"不要问我从哪里来，我的故乡在远方，为什么流浪，流浪远方，流浪"。

　　缥缈的曲音，阴天，黄昏，沙漠，一个人，孤独，茫然，又义无反顾，流浪似云，追求所谓的自由。

白云中有很多故事，故事本身也是一片白云。

歌名《云淡风轻》中有一段词是这样的，你是我过往的回音，一整段曾经，你云淡风轻你飘零你不再关心。

唐朝陆凭的《咏浮云》中，"虚虚复空空，瞬息天地中。假合成此像，吾亦非吾躬"。

但丁说：看一眼，就继续向前走吧。

我说：想一下，就继续向前走吧。

## 春天不播种 薯望秋来收

有一对似夫妻的红薯，头上顶着郁郁葱葱的藤蔓，相依相偎相伴，静默而端然地住在我家厨房一个酸奶盒子里。

屈指算来，这两颗红薯还是春节正月期间，老公从老家带回来的，当时是一大群薯族们，放在一个编织袋子里，由于味道甘甜绵口，它们的伙伴们陆续上屉经过烈火的考验成熟后，逐个被我们吞入肚里变为粪土，最后只剩下这两颗。也许是由于个头稍大一些，也许是没有再引起煮妇的注意，渐渐地它俩在厨房的角落里被忽视了，待煮妇发现它们时，它们已经悄然冒出短短藤丫来，真是无心插柳柳成荫啊，吃肯定不能吃，就任它们在厨房里生活下去。

它们肚里没有喝过水吃过肥，身下不是疏松沙软的土地，每日光裸着身子呲歪着，忘情地闻着柴米油盐酱醋茶中的酸甜苦辣咸，舒服地被蒸汽熏染桑拿着滋润着，并不介意别人是否特别在意或特别照顾，冷暖自知地侥幸着自己，因为发了芽，长了蔓，所以就没有被吃掉或扔掉。

生命力多么旺盛的物种啊，待它们枝蔓茂密英姿飒爽时，我突然感觉它们是那么的可爱，伸手抚摸它们，藤蔓嫩嫩的翠翠的肆意地向外伸展着，遍身微潮不染一丝尘埃，肚皮实实的好似蕴藏着生命的力量。稍伟岸一些的似男子，娇小一些的似女子，一对浅醉微醺的夫妻模样。

无论是在静夜温软，一抹夕阳空候月，还是阳光明媚，三春白雪苦期香。无论是窗外俄顷雨停，一洗天晴，还是晚霞泛天，袭人欲醉。它们都缄默无言，在烟熏火燎的厨房有滋有味地生活着。默默如谜一样的静态美，让人猜摸不透它们在想什么，它们今后要怎样地活着，还能活多久。它们是无求的，静倚在厨房的角落，平和、宁静、恬淡、洁净地生长着，呈献给房间是几缕翠绿的姿态。我真正地活过，翠绿的藤蔓代表我们的心。

它们是生命的宠儿，为了不让自己被煮或被扔，极力滋生出绿色的丫蔓，展现给人们几缕绿的生机，它们经历了明媚的春天，见证了炎热的夏天，正慢慢与子偕老地走向紫色的秋天。它们是平凡普通的两颗红薯，默默地食人间烟火地生活着。星空在上，薯生在途，谁会轻言放弃？希望是火，失望是烟。生活总是一边点着火，一边冒着烟。这一切薯们都看在了眼里，记在了心中。

记得看过一首墓志铭诗的一段：

总会有那么一天，我会被埋在故乡的土里

让一群生前的人忘却我的面孔

春天到了我不言说

我曾认真地活过

# 美给谁看

她，一天换四次衣服和鞋子，早晨两次，傍晚两次，却不知美给谁看。缘由如下：

早晨醒来，梳洗停当，换上时尚的服饰及鞋子，下楼走向家附近停车场，不消三分钟钻入汽车，挂挡开车行驶在上班的路上。半小时过后，驶入单位停车场，熄火停车，钻出汽车，不消三分钟走进办公室，马上脱掉时尚的服饰及鞋子，从头到脚换上一身统一颜色统一制式的工作服，一穿至少八小时。时尚的服饰及鞋子从穿上到换下时隔不足一小时。

傍晚时分，梳洗完毕，换回时尚的服饰和鞋子，出办公室走向单位停车场，不消三分钟钻入汽车，挂挡开车行驶在回家的路上。半小时过后，驶入家附近停车场，熄火停车，钻出汽车，不消三分钟走进家里，马上脱掉时尚的服饰及鞋子，从头到脚换上一身宽松随意的家居服，一穿至少十几小时。时尚的服饰及鞋子从穿上到换下时隔一小时足矣。

车窗的贴膜多是深棕色的，犹如一双眼睛戴上一副墨镜，让人捉摸不透车内人的美丑和表情。由于车窗外的噪声和污染，她轻易不开车窗，更没有和其他人眼目相投会心一笑的时刻。时尚服装和鞋子的亮丽，独自在车子里大放光彩而别人无法欣赏，有点"养在深闺人未识"的意味。

一晃，一周就这么过去了，双休日往往嫌天热堵车，着家居服宅在家里。又一晃，一个月就这么过去了，偶有出外旅游，多是穿休闲运动的服饰。再一晃，一年就这么过去了，少有的聚会应酬一年不超过三五次，却时常陷入不知穿哪套服装和鞋子的境界，总是缺一件衣服的衣橱不断地扩充到肆意横流。

　　就这样地，日复一日，月复一月，年复一年地循环往复。有时，上下车间隙，穿着时尚服饰及鞋子的她，偶被同事碰上，也会得到一两声的赞美。和老公同车外出，眉来眼去中也招来他三四眼的赞许，但这种时候是少之又少。

　　两套呆板的工作服穿旧换掉了，三套松散的家居服穿泛黄扔掉了，价格不菲的一套套服装，因未上身几次或未下水几次，依旧鲜亮如新，经历了从时髦到淘汰，从喜欢到嫌弃的过程，常被主人喜新厌旧地整包整沓地抛弃处理掉。

　　俗语讲，"吃是为己，穿是为人"。她，常常想，每天最时尚和光鲜的自己藏在车子里，堵在路上，美给谁看？既然没机会给人看，那为何每天要穿着打扮自己？

　　佛法中的"六食说"认为，"感与触相连，眼睛以美为食，耳朵以动为食，鼻以香为食。身体肌肤则以温和、柔软与富有爱心的触摸为食"。既然眼睛以美为食，那么无论男女老少，爱美之心人皆有之。女为悦己者容不假，但悦己者往往应该是自己，只有自己欣赏自己，别人才会欣赏你。

　　"男人看女人，就像女人看时装，心花花的"，这句话形象地描述了男人和女人着眼点的不同。在上下班的路上"朝看白云起，暮对丹霞舒。独坐心自赏，是身如空虚"是一种绝好的心态。女人之美，不排除是给大众来欣赏的，但更多的是为了愉悦自己的心，美化自己的灵魂，让自己心情好，像花儿一样唯美，足矣。

有一文讲，慈禧爱美，她曾对德龄说："一个女人没心肠打扮自己，还活什么意思呢？寻常妇女，把装饰当成专给别人瞧的玩意儿……这真是太看轻自己了。即使只剩下我一个人在宫里，我对于装饰还是要讲究的。"

# 快乐的单身汉

快乐的单身汉，是一位不错的朋友，急诊科的医生，副主任医师。

他高高的个头，单瘦细弱的身体，白白净净的脸。不抽烟，不嗜酒，不炒股，不投资。没网游瘾，最近只在开心网上耕耕农田，养鸡喂牛，消遣一下，乐呵一下。他心灵手巧，常常把自己的两套房子的内设物件摆弄来摆弄去。他生活不浮夸，穿戴不求名贵，只求经济实惠，干净和舒适。他生活很规律，很注意养生和食物的营养搭配。

和他相识于2002年，那时他就是单身，悠悠岁月过去了七年余，现在他仍是快乐的单身汉。

之所以说他快乐，是因为他的心态很安稳，很坦然。对什么事情都不急不躁，对什么人都不亢不卑。既不羡慕人家也不嫉妒人家，平和自然地按照自己的方式生活和工作。

从升上副主任医师后，很聪明的脑子，就再也不用了。单位引进来好多的研究生、博士生之类的人才，作为本科生的他并没有危机感和苦恼。作为医院中坚力量的大夫，他有丰富的临床经验和很好的人脉关系。

作为朋友曾劝过他，再考研究生，没有家庭的负担，有大把的时间，这么聪明的脑子浪费多可惜。但他总是微微一笑，淡然处之地安于现状。

真应了一句老话，浴不必江海，要之去垢就行，马不必骐骥，要之善走即可。做普通人，干正经事。

平生只有双行泪，半为苍生半美人。但对于找对象之事，他也是顺风顺水地走，不放弃也不强求，一切随其自然。

在常人看来，单身未组成家庭，安于现状不求上进，是一种缺憾。但人生苦短，该享受和消遣的时候，我们却为了学历，为了职称，为了升级，为了家庭，为了孩子，为了一切的一切，不断地拼搏，不断地奋斗，把自己有限的生命全部用于无限的繁杂的事情中去。人生转瞬间就是烟飞灰灭，一切都将成为过眼云烟。不被物欲蒙蔽，也不被虚幻所迷惑，身心就会逍遥自在。

有时，很羡慕和嫉妒快乐的单身汉。

# 鞋逢细语不须归

一双休闲鞋，被我扔掉了。

起初，舍不得，就陪送了一副绣花鞋垫，装入塑料袋，系紧袋口，扔到了垃圾桶。

想到，从此它也许会被机器碾轧成碎末沦为粪土，心里不免有些戚戚然。

其实它并没有破损走形，只是面上绗缝线有些毛糙，几乎不被抹油保养的它，历经三四年行行重行行，颜面已是风蚀雨蛀衍沧桑，但并没有影响它走路的性能。

人都有喜新厌旧的情感，老穿着它，已经没有了感觉，更确切地说已经到了审美疲劳的地步。

它也是出身名门世家，沙驰品牌，磨砂粗皮的鞋面上有一圈装饰绗缝线，中前方有一朵由皮子系成小花，平纹结实的橡胶底，不用弯腰系带拉帮伸脚可入，简洁方便大方。式样中性春夏秋冬穿着均可，正装闲装搭配皆宜。

在打折店购买它时，折后价是 599 元，和它一起买回的还有一双同一品牌，同等价格，同样颜色，但没有后帮的皮拖。由于是皮拖，穿它的场合很少，所以，那双皮拖至今还躺在鞋柜里舒服且光鲜亮丽地颐养着天年。同样是鞋，样式不同，命运也迥然不同。

这双鞋式样虽不时髦，但不老土，由于它的舒适，宜于行走，刚上脚时，穿着它去过山东拜孔子，游过山西登古城，走过河北回故里，踏过河南观黄河，也到过江南寻幽径。

后来觉得它既非高雅又结实耐用，就放在单位当工作鞋穿。每天一到单位，我会马上甩掉束脚的高跟鞋，换上它顿感双脚伸展自如，心也就踏实欢快了许多，但从那时起就不太保养任我爬高踩低了。

同样，记起十多年前，在日本商场买过一双日产平底休闲鞋，很轻盈，不怕油腻和泥水，像是特殊材料加工好的一体成型鞋，式样普通但不失时尚，穿着它，踩着稀薄的月光，搭配宽松衣裳去打工，心也跟着放松敞亮。

最终，回国时，却把一点坏损迹象也没有的它，毫不犹豫地扔掉了。总觉得它当过工作鞋，被油盐酱醋熏染过，被积雪雨水侵蚀过，面容经过岁月的稀释，再让它回到刚刚买来的待遇，从感觉上很难接受。尽管它那时是那么的舒适、结实和漂亮。

一双鞋，坏了或不合脚，扔掉不足惜。一双鞋，不磕皮蹭脚任劳任怨地劳作一世后，还是坚韧不损地完整下去，却因人的腻烦，被扔掉，感情未免有些难受。

如今，很想再买一双那样的鞋，但转过大街小巷的商店，再也看不到那种式样的鞋子，只能和这双被扔掉的鞋子一样留在回忆里了。

从最开始的喜欢，侍奉为公主般的待遇，到根据它的特点无节制地使用，再到嫌弃扔掉它。一双结实耐用，式样还算较好的鞋，就这样被穿腻，抛弃了。

湖南乡间有一俗语："人是三节草，三穷三富过到老。"鞋也是如此，三新三旧退出鞋生。

　　我们每天都在赶总也赶不完的路，从年头赶到年尾，鞋偕同我们走了一程又一程。那些过往的岁月留住了它的印记，也留下了纪念，脚印不须归，鞋何须归也。

# 打扫是一种修行

对大多数人来讲，尤其是有工作的女主人，打扫家里卫生是一种痛苦的折磨。

只要有条件，每个人都会想找一位家政工帮助自己完成打扫工作。

想想人家用蓬松的掸子掸去红木家具表面的微尘，用柔软的白毛巾擦拭精致的古董花瓶，觉得打扫是一件很享受的事情，但往往打扫者却是那家的女佣而不是古董的女主人。

打扫是一种综合型的劳动，不是扫扫地，掸掸灰那么简单。它是收拾A归置B、洗涤C熨烫D、修补E抛弃F等的一系列劳作，时而仰望天花板，时而俯视地漏水道，又或瞄瞄旮旯犄角，眉来眼去都是该清扫的对象。

打扫很累人，也许正因如此，才很少有人乐意做。

如果是第一次打扫，也许有新鲜感而不觉累。比如新装修的或新入住的房间，或改变风格的房间。可怕的是日复一日周而复始地重复打扫，会觉得十分枯燥乏味。

到了该打扫而未打扫的时候，勤快的女主人心里也像蒙了一层灰。打扫完毕看到窗明桌净，地板光洁，心之灰也随之消失。

没有工夫做里子，只能丢面子。打扫是一种隐蔽的家务，很多人在客人到来之前，打扫得尤其认真，这也是出于羞愧？还是虚荣？

房间里有人的时候，不爱打扫，把家人赶骂走后反而爱打扫。

心累的时候不爱打扫，但看到该打扫的房间因未打扫心会更累而不得不强迫自己打扫。

房间该装修了不爱打扫，墙砖有松动迹象，橱门趋扑街状态，女主人会演奏一场唠叨声和乒乓声交响曲，身边的听众会下意识地小心退场，希望躲进地缝（如果家里有）。

家里满当当的不爱打扫，随着日子一天天地过，家里的物件也会一点点多，"财富"积累到一定程度就失去了它的意义，"断离舍"就是打扫时的必修课。

看电视连续剧时不爱打扫，独自窝在沙发上，边吃零食边啜泣，为嫁入豪门的女主角忍气吞声地打扫房间的受气状态而愤愤不平。

随着年龄的增长，对房间清洁度的认可，也会变得越来越宽松。

汗水，是脂肪燃烧时流下的眼泪。若把打扫房间当作一种健身运动，手机揣进兜里，一阵兜圈清扫后，看看手机，为计步器里的步数跃上朋友圈的封面，而沾沾自喜。

打扫是一种冥想，戴上耳机边打扫边随音乐手舞足蹈，时间会随之快乐而过。

打扫是一种修行，身在家里，心在远方，出游前会精神百倍地把家里收拾得井井有条。

一间房屋的状态，会反映出住的人的精神状态，有时候没钱、没时间、没精力是借口，没心思才是真的。据说家里时常凌乱不整洁，婚姻状态也不是太好。

《礼记》有言："苟日新，又日新，日日新。"这句话原本刻在商汤王的洗澡盆上：假如今天把一身的污垢洗净了，以后天天便要洗净污垢，贵在坚持。打扫何尝又不是如此。

什么样的人能把房子住成家的感觉？是那些有创造力，有审美力，有动手力的人，是那些不管生活怎样对他们，他们都要好好生活的人。

神秀说："身是菩提树，心如明镜台，时时勤拂拭，勿使惹尘埃。"

慧能说："菩提本无树，明镜亦非台，本来无一物，何处惹尘埃。"

要能够参透这两个偈子的确很难，就是正确地理解也不易。

尘在外，心在内，常拂之，心净无尘。尘在内，心在外，常剥之，无尘无心。心中有尘，尘本是心。

房间尘土易扫，心头蒙尘难除。

修行，修行，再修行。何时开慧，何时顿悟，随命信天。

《金刚经》中，"微尘众"多到像尘沙微粒一样的众生，在六道中流转。

世事如尘扫又生，打扫是一种修行。尘沙微粒一样的我，待尘满面，鬓如霜时，往事都成扫去尘。

# 徘徊

那天，我在商场徘徊，导购小姐凑近说，"买个炭包吧，造型独特，消毒去味，放置卫生间或车内均可"。拿过来瞧瞧，粗粗的土黄布包上红黑相间的人物图案，让人想起遥远和旧这两个词，就买了两个。

回到家里，打开薄薄的塑料外包装，突然发觉底下一行字很有意思，"我总在牛 A 与牛 C 间徘徊"，画面的主要人物带有春风般的微笑，手捧红宝书正在和几位女工一起探讨学习心得体会。

"我总在牛 A 与牛 C 间徘徊"含蓄而明了。其中的"总"字是"一直，一向"状态，就是一直做非同寻常让人刮目的事情。在牛 A 与牛 C 间徘徊就够牛的了，若是总在期间徘徊，就是牪犇或牛群了。

真正的好人就是把做好人当正常的日子去过，雷锋就是这种人，把有限的生命投入到无限的为人服务中去。

想想，我有"在牛 A 与牛 C 间徘徊"的事迹吗？

从前，雷锋帮扶素昧平生老大娘提包裹，到抚顺去找儿子。而如今一位老人摔倒了，一个民族犹豫了，救人反被诬告不断翻版演绎。若一位老人倒了，我会在扶与不扶之间徘徊，也许装作视而不见随风而过，内疚千百遍责任也无法承担，那就是说我很熊。

两天前，驾车去朝阳区投资服务大厅办事，我总在停车场 A 和停车场 C 徘徊，导致目光流离失所，而忽视本来就不醒目单行线的标识，结果很牛，三小时内违章两次，6 分罚 200 元。一个人当好驾驶员并不难，难的是我总在探头 A 和探头 C 中无知无畏地徘徊。

同理，我总在赎与不赎间徘徊，直到基金和股市一起跌入五洋捉鳖，也总是在买与不买间徘徊，直到房价升上九霄揽月。我还总在太阳的升与落，月亮的圆与缺，天气的晴与阴，四季的冷与暖，人类的丑与美，世间的悲与喜间徘徊。但在善与恶上心尽量趋向善，以便在天堂和地狱徘徊间灵魂得到安宁。

网上流传着一句假装深沉的话"我是个勇敢的人，来到这个世上就没打算活着回去"，我们总在生与死间徘徊，中间无论是多牛或多熊的事情，最终一切步向皆无。

# 一个人的嘻游记

周日晚，无聊。独自驾车去蓝岛大厦的紫光影院看电影。

7点40分，到达。停车场的管理人要了我20元的停车费，这样可以不计时。因为10－15元/小时，缄默地看看比夜空还黑的索费人，交了。

7点45分，买票。由时间随意购买了一张《嘻游记》的票，随后问了一句"好看吗"，售票员不置可否地笑笑。

8点，准备。买了一大桶爆米花，一个巧克力冰激凌，捧着抱着走向一号影厅。

8点5分，进厅。五排五号入座，左顾右盼，昏暗的放映厅中，只有我形单对孤影一人，自嘲地笑笑，真是寂寥且荣幸呀。一个人包场的电影，一个人的嘻游记。

8点10分，开演。脸明灭，瞳闪烁，嘴闭合。世间熙攘着，时间穿梭中，一群很high的人游弋到了大唐年间，是西天取经还是蹴鞠大赛，是龙门客栈还是芙蓉与秀才的爱情。魔兽般的场景中，《快乐大本营》中的原班人马齐出动，重口味的"人间大炮"。谙熟英文的唐朝皇帝、盗圣孙午饭、负责泊车的劳保安、屁神李大勺、铁掌柜、唐三句、吕书生、朱八姐、芙蓉姐等穿插混乱上场，喧闹耍宝、撒娇扮酷、笨拙嬉笑、神经兮兮、无厘头到了极点。

爆米花与冰激凌吃尽，本已无聊的我更加无聊。独自享受"演戏是疯子，看戏是傻子"的意境。这么无聊无厘头无正经的三无剧情为什么还要耗资去演呢。若钱多的话赞助贫困山区嘛，和之前看过的《我的唐朝兄弟》无厘头的镜像如出一辙。

9 点 30 分，闭幕。起身离场，坐电梯下楼走向停车场，看车人员早就无影无踪，只有孤零零的两三辆车盼主待驾而归。

9 点 40 分，启车，慢慢驶入一片夜色阑珊中，脑子一片混乱，耳畔响起电影中的无厘头语。

你不是一个人在战斗，你不是一个人。

我随即改为：你不是一个人在无聊，你不是一个人。

怎么就找不着一个对手？我参加的不是比赛，是寂寞！So easy。

我改为：怎么就再找不到一个观众？我观看的不是电影，是寂寞！So easy。

# 我还好，你也保重

"这一世，夫妻缘尽至此。我还好，你也保重"——王菲

"我还好，你也保重"非常喜欢这句话，说者神闲意定，轻唇慢启意已传，应该很快流行下来。

"我还好"似一棵"任风雨来袭，我自岿然不动"的劲松。坚韧，挺拔，独立，自主。

"我还好"独担当，无须他人怜悯，担忧和照顾。拿得起，放得下。

"我还好"信奉，天无绝人之路，何以言弃？地有好生之德，何以忍败？人有旦夕之变，何以喟叹？云有卷舒之意，何以强求？水有无尽之流，何以贪恋？

"我还好"应该是比"好"弱一些，或之前的日子过得"好"，现在也差不到哪里去。天塌了，我顶着，何况天没有塌下来。

"我还好"万事贵隐忍，心痛但不失自尊。可独坐伴明窗，与影自成双。灯尽欲眠时，与影入梦乡。即使到"蕙死兰枯篱菊槁"的地步，仍不服输。

"我还好"虽秋风不似春风好，却道秋风果蔬繁。花开不喜，花落无忧是一种修为。

"保重"，这个词，有分量。人，历经沧桑，在世上跋山涉水一段路程后，才有资格用"保重"二字。

　　我还好，无须惦念，你也保重，彼此皆安。

　　"我还好，你也保重"中的我与你，关系密切或曾经不一般。

　　相隔千里的父与子，子在电话中会这样说。"我还好，你也保重"语气中有"我还行，勿念；你若好，心安"的血脉之情。

　　多年不见的老同学，老战友，老同事，老朋友相遇又分别时会这样讲。"我还好，你也保重"言语中有"盛年不再来，岁月不待人。互道珍重，彼此祝福"的友谊之情。

　　夫妻分手时，"我还好，你也保重"虽怨怼但理性，微软不屑中不乏尊重。看似风轻云淡，实则露浓霜重，多年爱侣最终劳燕各自飞。

　　中秋节到了，圆月挂在冷蕊疏枝上，斜桥孤驿处，一人徘徊顾影自怜："还好吧？"清影一笑道："我还好，你也保重。"细风弄轻弦，奏出生死相随无限意。

# 蓝鸟

开车在路上，在等红灯时，突然看到停在前面的车是一辆日产蓝鸟（Bluebird），盯着车尾的 LOGO，我不禁想起很久以前的事情。

那时，我刚入职不久，在一家拥有 3000 多人的国营企业科室工作。深秋季节的一天，领导让我把一份统计报表亲自送到省会，单位安排了一辆车，那车就是蓝鸟（Bluebird）。

那个年月，自行车是人们重要的交通工具。单位总共两辆公用轿车，一辆桑塔纳，一辆蓝鸟。蓝鸟，用现代的时髦流行语来形容，给人的感觉是高端大气上档次，能坐上小轿车出差，是一件很愉悦荣耀的事情。

那时的交通还没有现在这么便捷，500 多公里的路程，没有高速可走，只能走国道。所以，从出发到目的地，路途时间就需要起早贪黑一整天。

开蓝鸟的司机，三十七八岁的年龄，是一位圆头圆眼圆身子的师傅，个子不高，远远看去，脸庞有点像大眼猴，说话慢条斯理，是一位复员退伍军人。

我，穿着一条草绿色带有暗花的宽松皮裤，紧身花线毛衣，正是纯粹的青葱模样。

随车一起的，还有一位女销售，二十七八，风衣短发，瘦高身材，李强，男性十足的名字。

出发了，三人一车，李强坐在副驾驶座，虽然一路颠簸劳累，但有李强在，路上并不觉得乏味无聊，并随着路程的递进彼此的感情也逐渐熟络起来。

谈话的内容已经模糊了，只是感觉听起来很受用，很轻松。

我惊叹，世界上竟然还有如此能说会道的女人，她口若悬河地讲着一些所见所闻，满舌生花地表扬在场的每一位人，绘声绘色地讲着家事，国事，大家事。司机师傅应承着，我默然耸耳聆听着。

到达省会，已是华灯高照，住在本行业的一个招待所里，李强买来一些吃的，大家围坐在一起，烧烤肉串，下面条，三人围着锅灶有说有笑，慢慢对饮，就像一家人在吃饭。

第二天，办完公事，李强有别的事情要做，没有随车回返。

返程的路上，冷清了许多，我与司机师傅说着不咸不淡的话题。

师傅自诩道："由于职业病，有腰痛病，每次回到家里，家务事都是老婆干，到家就吃现成的热乎饭菜，吃完饭，老婆主动为他揉揉腰按按背。"

我窃笑，原来大眼猴也有春天。

我道："李强可真是一位能人，太佩服她了。"

师傅讲："你看她外表风光，内心却苦楚，从生完孩子后，子宫萎缩，丈夫正准备和她闹离婚呢。"

3月，粉花开树底，蓝鸟啭晴檐。蓝鸟，是天堂鸟。在那个年代，物质不富裕，一辆蓝鸟车的搭乘却引起我一片飞入天堂般的遐想。在那个年代，交通不发达，漫漫旅程一路同行，时间被锁在了风中，而情意却驻足在生活里。

绿灯亮了，蓝鸟隐入记忆深处。车窗外，已是不明不暗朦胧月，非暖非寒慢慢风。

# 3 暗尘飞

空遣清风
日虹斜处暗尘飞
暗尘飞 愁上两眉

# 随意失忆

　　她，几多无奈冷沉醮，闲暇日连续 N 集沉迷于冗长的韩剧里，随着剧中女主角的悲喜而沉浮。一边大把的零食往嘴里抛，一边大把的鼻涕往纸巾上擤。

　　《爱在何方》和《天赐我爱》都离不开爱，看来爱永远是人类的主旋律。韩剧很人性化，总是掰开揉碎地演绎着人生。终了，却发现一个有趣的现象——短期失忆症，让她陷入羡慕嫉妒恨中。

　　剧情中，骨肉分离的母女俩，由于爱的缘故在自身处于重度心理压力时，竟然先后都得了短期失忆症，使其悲痛感消除，然后在爱的感召下恢复记忆。

　　韩剧里失忆套路是记忆"橡皮擦"，想擦去哪里就擦哪里。如《冬季恋歌》俊祥，《玻璃鞋》李善宇，《天堂的阶梯》静书，《最后的一支舞，请与我一起跳》玄宇和《18 岁、29 岁》刘慧灿等均是失忆主人公。悲痛中选择暂时失忆，避过天可怜见的遭遇，随其所愿地艺术着人生。

　　现实生活中，失忆与否，并不像电视剧人物那么随人所愿。个别人身心俱焚时，得个失忆症玩玩，把不好的事情从大脑中屏蔽掉的同时，却永久性不能恢复，那么他的今生就被否决了，他父母的人生也被否决了。

多数人是"为了忘却的纪念"，一杯忘情水，一棵忘忧草只是在梦中相遇。人如一根芦苇，记忆就足以将其折断。人的强大在于思想，人的脆弱也在于此。人生之路，应该是哭过能笑，记时能忘，醒后能醉的那条小径。

过去的伤痛，就是死了的树，叶子没有了，花朵没有了，还要习惯性仰望，却无法一下子也没有了。

美国加利福尼亚大学科学家近日宣称，他们已经找到一种可能从脑海中删除创伤的方法，这种方法让忘记痛苦回忆成为一种可能。到那时就可以"年来尘事都忘却，只有梅花万首诗"了。

人的愿望是应该有选择性失忆的功能，对不想忆起的，再没有关系，从那时起，就可以说一句："对不起，你是谁?"

戴望舒在《我的记忆》中，"也许失忆才让自己变得清醒，才让结局变得美丽，习惯慢慢失忆，这样就能转移自己。就让我一个人失忆，消失在你的世界里。因为昨日已逝去，忘却那伤感的经历，微笑着继续。所以我决定，让自己失忆"。

最后，她横扫赫尔曼·塞黑《荒原狼》一段，"我倒要看看，一个人究竟能忍受多少苦难! 一旦达到了可忍受的极限，我只需要打开死亡的大门，就能逃之夭夭"。

# 愚人劫

那一天，云死了，死时很安详，就像睡着了没醒过来一样，灵魂出壳袅袅婷婷飘走了。

拜伦的临终遗言既缺乏想象力又不浪漫，"现在我要睡觉了，晚安"。想到他的遗言，很像云的遗言，只是云缄默地睡去，内心留下了如同拜伦一样的遗言。应了小沈阳的那句话，"人这一生，其实可短暂了，眼睛一闭不睁，一辈子过去了"。

进入天堂后，一位天使走过来，令云和那些暂居无定所的孤魂野鬼们排排坐好，首先看看自己死后，亲人朋友们过得会怎样。

云首先看到了白发苍苍的父母亲，痛不欲生地悲号，老年丧女是人生一大不幸，这之后的二三年内总是吃不好、睡不安，女儿的音容笑貌时刻萦绕在他们的心头。虽说云每年给的赡养费说多也不少，但他们并不缺钱花，舍不得乱用，总是存起来日积月累小溪成河，至于父母安享天年后，那笔钱到底谁能用上，也就不得而知了。以后没有云的这笔钱，父母还是该吃什么吃什么，该穿什么穿什么，平常该见不着面还是见不着面，一切好似往常。只是在节日团聚时就会少了二三口人，在临终时会缺少了云孝顺的身影，而在云的葬礼上多了二老悲凄佝偻战栗如筛的身躯。

随后，云看到了丈夫悲戚憔悴的面容，转转情殇凄凄惶惶。男子有泪不轻弹的他，眼角也挂起了泪花，神不守舍地生活了二三个月后，又神情专注地投入了忙忙碌碌的工作中，对他来讲，上没老人，下没弟妹，亲戚够不着，在中年云雾里工作永远是第一位的。由于身后的生活需要一个人来料理，加上他事业也算如日中天，"五子登科"加上现今流行的"升官发财死老婆"的年龄，所以求亲的年轻漂亮女子挤破了门，英雄难过美人关，最难消受美人恩。不久，就又结婚过上神仙般的小日子。

儿子本来就和云不太亲近，没有云这个羁绊，生活也许就更自由潇洒，他只是愁眉苦脸了二三天之后，又我行我素，该怎样就怎样地生活，并没有因为他母亲离去而受到深刻的影响。

朋友或同事们都表示有点惋惜，遗憾云是英年早逝。说云虽不开朗但性格善良趋愚，虽不善言辞但内心真挚如渊。害人之心无，防人之心也少。云的工作岗位空缺，不久就被一位年轻有才华的人填补上了。

正当云被异空剧情幻象迷失得散魂落魄之时，又一位天使走过来问道："现在，你们的亲人和朋友们正在为你们举行葬礼，我答应你们一个承诺，你们希望他们说些什么呢？"

风是一位医生，他想了想，回答："我希望他们能说：'风是我们见过的最伟大的白衣天使，他救死扶伤的医术非常高超，他还是一个好丈夫，对妻子和孩子的关怀无微不至。'"

雨是一位教师，听了风的话，她也说出自己能听到的："我希望人们能这样说，'雨是我见过的最伟大的辛勤园丁，她真情真爱培育着祖国的花朵，她还是一个完美的妻子，她是家里人的骄傲。'"

天使点点头，把他们的话一一记下。轮到云了，望着耸入云天的烟囱里飘出一群群蝴蝶，望着矗立在面前的一座座吞吐千人的大厦。

云认真地考虑了二三分钟后说："我只希望他们能说一句话，'瞧，她还在动。'"

云醒了过来，又在阳光明媚的天空下游动了。

在眼睛一闭一睁之间，发觉今天是 4 月 1 日愚人节。

# 累了你就数阶梯

记得有一文写，常年在外打拼成功的丈夫回家准备和妻子离婚。到家后陪着儿子下楼去超市，回来时上楼梯，儿子让爸爸背，爸爸背起儿子，一个台阶、一个台阶地上，感觉很累。儿子就对他讲，爸爸，你觉得累就数楼梯吧，一数楼梯就不觉得累了。男人忍不住笑了，说傻孩子，再数楼梯还是累呀。儿子说，"爸爸不在家的时候，妈妈总是抱着我，背着奶奶到楼下晒太阳。晒完太阳上楼的时候，妈妈就开始数楼梯，妈妈说，数着楼梯就不觉得累了"。丈夫感动了，泪水带着温度从眼中涌出，怎么都擦都擦不完。

我默然，表示了认同，有时徒步去市场买菜或到什么地方办事，觉得很乏力无聊时，也是低头默数脚步，先估算一下离家的距离，应该是多少步，然后就默念着数字一步一步量下去，想着，总会有一步到家的。那时绝对没有闲情逸致来寻觅"颠狂柳絮随风舞，轻薄桃花逐水流"。数字的默念让我们排他念，让我们释放紧迫，让我们知道世界可以没我，但我不可以没我。

前几日，和几位朋友驾车去爬狼牙山，山很高，攀登到半山腰时，缺乏锻炼的我，有点气喘吁吁迈不动步了，就开始数阶梯，应该不累了吧，但不管用，累并没有跟着数阶梯而消失，心脏由于负荷太大而面赤气短，脚也就跟着拌蒜，只有稍息一会儿感觉才能好些。那时，脑海里涌现的不是英雄五壮士的事迹，而是不断闪现出家里温暖舒适的被窝，躺在床上，看看书，睡睡懒觉的惬意。

随着爬山越来越累，我也越想越过分，稍息时，对身边的朋友 H 讲，这山，过去肯定没有阶梯，小日本鬼子也够执着顽固的，一直追到山顶干什么。人家五壮士好歹也是本地人，地形熟悉，攀登山崖如履平地。再者，这么秃的山没有树林可隐藏，如果树木茂盛，往里一钻，小鬼子也就追不上了。这样，在不断的臆想和逞强中走走停停，用了一个半小时到达山顶，观看了跳崖处。下山是坐缆车回来的，劳顿之后的享受，感觉是天上人间两重天了。

我想，"早上基本上是带着饼干上去，拿着面粉下来"。乘地铁上班的人们，脑袋里多数默想的是别的事情，也许会想，挤吧，终归有到站的那一刻，到站之前就数羊或听音乐吧。

累，有身体和心情之分，我们一直被看不清的城市围困，被来自生活中不可承受的之重绑架。是不是每个人心灵深处，都藏着一组数字，平时把它锁起来，只有内心在默默地伴着无奈与凄楚，数，12345……每个数字的蹦出是那么沉重和不情愿。还好，数阶梯的途中还能稍息喘口气，数着数着就会到家，就会到达山顶，就会到站。

感觉，阶梯并不是那么好数的，人的精力极限会随着境遇的不同而不同。也许人漫无目的地数来数去总也数不完，身心疲惫到分裂时就会一跃而下省略数阶梯了。累了，你就数阶梯，是一种无奈，是一种盼望，是一种坚持。数阶梯，是一种短暂的自我释放，自我转移，是在一段感觉乏力无助的路途中，有意屏蔽消极趣味，储存能量给自己打气。

数阶梯应该像佛家弟子用手掐捻或持念佛珠闭目端坐念经的样子。

# 大家都有病

相对于身体有残疾的人来讲，智力正常，拥有一个健康的身体，是一件极为幸运的事情。

身边的有些人，外表看起来很正常，但往往由于精神因素的影响，而稍稍改变他（她）的生活。

有一部叫《极速天使》的电影，讲述三位女赛车手的故事。印象深刻的是，由汤唯饰演的女赛车手，原是一位驾技超娴熟的出租车司机，不知车上坐着是赛车教练的情况下，在追逐抢包者的过程中，始终面带微笑，自信完美地展现了自己高超的车技。但当她被选入赛车手后，却难突破自己内心的精神障碍阴影，只因她小学时期，站在舞台准备独唱时，恰恰此时她听到了自己父亲遭遇车祸的消息，当时精神受到创伤的她竟然发不出声音，不明就里的台下学生却一而再地起哄。从那时起，她落下了内心一犯意识就紧张得不能自已的毛病，以致在赛车的关键时刻屡屡发挥失常。

看到这里，我突然想到，人，由于小时候或之前的某种外因的变故，对他（她）造成的阴影是难以抹灭的。

小 K，因在学游泳的过程中，差点被淹死，所以，在去游泳池的路上就开始哆嗦，鼓励她下到很浅的地方，她也会紧张地死抓住泳池边缘，挪不动身体。

大 Y，因小时候骑自行车，曾不小心摔下坡去，从那时直到现在，一直不敢坐自行车，哪怕车走得如牛般速度，哪怕她的长腿能拖地，但还是不敢坐，以致影响到她的开车，平时开车很娴熟，就是不怕车多。但若驶上了空旷车稀的高速路，或车上坐着不太熟悉的人，她就一直和一种恐惧做斗争，直到慢慢适应。

老 D，是一位科长，神经性头痛常常伴随着她，所以，她常吃止痛药。她还有一个精神因素的阴影，惧怕坐小轿车出差，因为她上车后脑海里闪现的第一念头就是上厕所。出差前故意不喝水，上车前必先去厕所一趟，但上车不久就是憋不住要找厕所。她坐火车或飞机就没有此状态，因为火车和飞机上均有厕所可去，但坐小车却不能轻易找到厕所。

在《散文》2014 年第 5 期的卷首语中：描述一个自杀的女孩。她或许是得了某种精神病的遗传，她的母亲也是以自杀的方式离开这个世界的。女孩和她的母亲一样，并不缺少身边人的爱，但从青春期开始，她就执意寻找一种"美丽的方式"来结束生命。女孩上了大学，她的父亲为了防止意外，不远千里，每周末都来看望，并托付老成的同学帮着照应。几个月过去了，父亲觉得女儿似乎变得乐观开朗，他觉得，以后可以两周来一趟。就在父亲改变探望频率的这一时间段里，女孩失踪了。三天后，她的尸体在北戴河的海滨被找到。

心理学家说，所有人都是带着症状在生活，直白一点就是，我们大家都有病。心理学上认为多数人在童年时，都曾遭遇过一些不愉快的经历，总会有些当时没有能力处理及面对的人和事物。这些不愉快的经验在我们的表意识中可能早已经遗忘了，却潜藏在潜意识里，时时影响着我们。

据说，这种病态，催眠师可用回溯的方法，让患者回到对他们产生影响的童年，来直面曾经的情绪，进而解决问题。果真如此，医院应该设置催眠科，患者一定不少。

恐惧、胆怯、焦虑、忧愁、疑虑、烦恼、气愤、失望……"病态"是个很"灰色"的感觉，莫名其妙的时刻，我们会表现出莫名其妙的行为。要隐藏却隐藏不住，一不小心触景，就非常伤情。

其实我们每个人都有某种程度的病，生理或心理，轻或重，表露或隐藏。你有病，真的有，可以有！别不承认，朱德庸都替我们在《大家都有病》一书里展现出来了。

作者黄永武一文中：古人细细地观察宇宙之间，鸟有了两根翅膀，在四肢中就只剩两只脚，不再给它手了。牛有了两只锐角，在嘴里就不给它犀利的牙齿，只能嚼嚼草了。造物者对每一样生物，赋予的功能都不全备，力量与才干，总让它有所不足，不至于太集中在谁的身上。

佛家因而有"世界为缺陷"的想法，认为人生朝暮都不可自保，哪能妄求一切圆满如意？只有在缺陷里，如何随缘顺应，处处都是道。

用电脑打这篇文时，保存到 U 盘，再打开文档时却是页页空白，无奈两次费时耗心思重写。唉，就连电脑也用此莫名其妙的过激行为来证明此文的正确。

# 雨天的味道

"大雨哗哗下，庄稼要长大，小孩要吃粥，碾子没法压。" "下雨了，冒泡了，王八顶着草帽了。" 看到空中随风飘舞的雨滴，想起这些雅或俗的儿时歌谣，总有一种别样的情怀和驿动的味道在心里涌动弥漫。

小的时候，所居住工房只有十几户人家，一溜的平房围成一个凹字形大院子，东面有两个出口，后面是一条不宽的小溪沟。大雨过后，雨水在前面出口处的路上马车碾过的凹痕里流淌，路两旁的尚未抽穗的麦子油绿绿的一片又一片，高粱穗子就沉甸甸地飘曳在田坎上。屋后溪沟的水混浊起来，溪水默默地流淌着，河两边的花草与灌木丛叶子上储积着晶亮的水珠。玉米地里的蚱蜢和螳螂们扬起绿色的翅膀，在湿漉漉的草丛间欢快蹦跳。一层淡淡的雨雾，悬浮在雨后的田野上方，给天地之间抹上了一层神韵的气质。

细雨中的小孩子雀跃地从各家小院中跑出，到溪水边，细细濛濛的小雨，浇在身上，用手抹一下脸上凝结下来的水滴，潮湿的空气中充溢着一种期待的喜悦。我们把自制的网眼筛子放置在小溪较窄的地方，搬动石头把两边堵上，这样，顺水游动的小鱼就自投罗网了。我们拎着小桶，把小鱼放入桶中，小鱼很多很多，偶尔也有半尺来长的大鱼撞在筛子上。石头缝隙里到处是泥鳅钻来钻去，滑溜的不能轻易地抓到它。在水泥里还有水蛭，我们叫肉钻子，如果爬在腿上，可以钻入肉中，很是可怕，使我们欢快的心里蒙上一层不安的影子。

雨过天晴后，西边升起了七色的彩虹，地面上到处是水洼，蓝蓝的天空上的朵朵白云就倒映在浅浅的水洼里，我常常蹲在水洼边上，向水洼里面瞧，觉得水洼深深的，惊奇蓝天和白云怎么会掉进水洼里，吓得死活不敢把脚迈进去。远处传来青蛙呱呱的叫声，此起彼伏地连成一片，仿佛在嘲笑我的惊异和胆怯。

长大了以后，在雨天看到过一次意外交通事故，雨天如晦的味道总是抹灭不掉。因为它就发生在我常经过的街巷中。那天傍晚乌云密布，天很快就黑了，大风一阵接着一阵地刮着，闪电雷声交替相加，隆隆地响着，不久噼里啪啦就下起了大雨，雨倾盆而下，空中的浮尘湿了，苍蝇和草蜢被打翻在地。路边打伞的人们，艰难地行走在狂风暴雨之中，雨点砸在伞面上，似凿穿了单薄的伞，伞角被风刮得上翘翻转，形成了一只托起的残荷，伞下的人都是湿淋淋的。骑自行车下班的人们，雨衣帽子时常被大风掀掉，裸露出来的头被大雨无情地淋洒着，路上顿时汪洋一片。

一位小孩妈妈从幼儿园接孩子回家，穿着塑料小雨衣的孩子，被放在了自行车后座上，天色很黑，大雨滂沱，雷声阵阵，自行车在风雨中行进着。孩子从妈妈的车上掉了下去，骑车妈妈不知晓，继续顶风冒雨前行，待到知道孩子没了，晕头转回原路去找，风雨昏黄的路灯下，看到后面的一段路上一群人在熙熙攘攘，沸沸扬扬地议论着什么。小孩妈妈恐惧的心在抽搐，挤进去瞧，孩子一动不动地躺在殷红泥水里，雨水冲刷着孩子的身体，掉下去的孩子被后面行驶过来的汽车压了过去。小孩妈妈在风雨中想说什么，嘴唇动了动，但只两三秒的工夫，面部的血色随着雨水一起褪尽，眼神也变得惊恐和木然，然后是伴着闪电的一声疯了似哭叫，引来了隆隆的雷声和越来越大的雨声，孩子的灵魂已经随风飘逝了。

再长大以后，就不断沉浸在连绵不断的小雨的印象中，感觉到了雨的潇洒、飘逸和疏放的味道，在霏霏的烟雨中悠然沉思，你会体味到人生成熟的魅力。曾经到过国外的一座城市，那个城市紧邻日本海，所以春夏秋三季，总是在下雨，冬天就不停地下雪。我出去打工或学习时，自行车的前栏筐里长期放着一把花伞。半夜打工回来，常常是天上飘着小雨，一手打伞，一手扶车把，行驶在车水马龙的路上。那个城市山很多，一抬头，便可看到它淡蓝的剪影浮现在云翳里。半夜行驶在雨中，厚重的、敦实的山安妥地沉放于大地上，影子总觉得怪怪的，黑魆魆有点悚人。我不敢抬头看，佝头骑车，或是把伞压得低低的挡住眼帘。可还是逃不掉山的魔影，因为四周全是山，眼睛无论怎样躲闪还是能用眼角扫到它矜持的影子。

回到所住的市营住宅，楼下有一个存车小棚，穿过所住的楼口时，一层阳台上总是站着一位男子，抽着烟，一股很浓的烟味扑面而来，烟头一闪一闪的，见我回来，总是有意无意咳嗽几声。我认识他，主动打着招呼："晚上好。"他也随即一句问候声："回来了，辛苦了。"

雨天休息之日更是怡然，独坐窗下听雨读书，伴着淅淅沥沥或唰唰沙沙雨声，书声琅琅，读出意境，读出神韵，读出美感。偶尔，传来门铃的叮咚声，开门观看，是70多岁的齐藤原妈妈。住在楼下，独自一人带着90岁的老母亲一起生活。平时见面总是打招呼，彼此也都熟稔。她穿着很是鲜艳花哨，小巧玲珑的身材，皮肤保养得很好。

"优桑，有时间吗，到我的屋里喝杯茶吧。"随后我跟她下楼，脱鞋迈进她家，家什安置得满满当当，很是暖和温馨，墙上摆挂着她用布料所做的各式漂亮的物件，这是内心寂寞的她用来打磨漫长时光的成果。她屈身挪近一直躺着的老母亲身边，把我拉近，告之她，"妈妈，看看，漂亮吧，是从中国来的女孩"。她的老妈妈抬眼看看我，微笑地应知一声，示意我坐下。我和齐藤原妈妈坐在榻榻米上，看着窗外缠绵的淋淋细雨，一边抿着茶，一边听着齐藤原妈妈絮叨着自己孤寂的，已经逝去的生活。

皇帝可以死去，珍宝可以流散，唯有雨天，不歇地来来去去，喷洒着潮湿润泽的气味，契合着阴沉忧郁的情愫，洗涤着天地间的尘埃，让最沉寂的年代也有几许潮润清鲜的气息。

# 紫秋

深秋季节，五彩斑斓的秋景是美丽迷人的，人们在这万紫千红的季节里，脸上洋溢着丰收的喜悦。但秋天也是悲凉忧郁的，秋风萧瑟，叶花凋谢。万物在最后的瞬间绽放着灿烂，释放着美丽，然后枯萎入土，走向生命的终点。其实，人的一生不也如此吗？

默默的感叹之中，一位女子在这姹紫嫣红和忧郁凄凉秋天视野中，正袅袅婷婷走过来，那一刻，风姿绰约的她就那么安静地站立着，那姿态那情韵，像是一种尘世间的期待，又像是远离红尘的无欲无求，了无牵挂。她的名字叫紫秋。

紫色是由温暖的红和冷静的蓝化合而成，据说紫色是让人不忍忘记的颜色，是高贵神秘而略带忧郁的颜色。风轻云淡的秋天融入紫色，就有了一种说不出忧郁的气质在里面。

若秋天是天高云淡与忧郁的特质，那个叫紫秋的人，与紫色的秋天就真有些契合了。

认识她是在工厂的办公楼里，一个计划经济时期遥远逝去的年代。纺织学校毕业后，她来到纺织厂，分配在技术科室做技术员。

紫秋有着窈窕高挑的身材，有着姣好的容貌，皮肤不是很白，是白色中透着暗黄色，无论是严寒还是酷暑，脸上都看不到一点血色。密密的棕黄色头发束起的马尾辫，也是现在小女孩所追求的时髦发色。特别引人注目的，是她那极有内涵修养的个性气质，是那份灵性与温和的超脱雅致，更有一种一不留神就会掠过眉梢的、浅浅的忧郁。

从认识她起，就有点羡慕她，羡慕她的聪明美丽和特有的那种说不出来的气质。由于她漂亮聪明，那些总工、高级工程师喜欢她，车间的高级技术工人及修车的师傅们，还有织布女工也喜欢她。在3000人的纺织厂中，紫秋是特别招人眼目和爱怜的女子。

她工作起来慢条斯理，说话也慢声细语，常常微笑地忽闪着大眼睛就把织布的花色样品像变魔术似的设计出，然后拿着样品板到制造车间，让技术工人调试。紫秋一出现在车间，那些修理工们就欢天喜地地围上去，接过工艺单，积极配合调试着机器。不久，一块花色式样非常漂亮的布织出来了，她就在一匹布大约1.5米的地方，挖出一小块，再去测密度拉力等技术指标。

她的手也很巧，独自设计出各式样板，然后自己做衣服、窗帘和沙发罩等。我曾经让她做过窗帘，从裁剪式样到缝制加工成品，全部是她一人包揽。记得那套窗帘做得很漂亮，上面有裙帘，下面有流苏花边，很是雅气和大方。

听厂里的人说，她长得漂亮但命苦，不是有福的相貌。这世上的事情就是这样，有些事情要发生，人是没有一点办法的。

她爸爸是开滦矿的老板子，那时人们把下井挖一辈子煤的老工人叫老板子，退休不久得了肺癌，煤尘已经粘满他的肺部，典型的职业病，治疗不到一年就去世了。父亲走后，妈妈悲痛交加，第二年也就跟着去了。据说，在她的父母去世之前，她的哥哥嫂嫂因为家庭纠纷，哥哥一气之下杀了嫂嫂，自己也自杀，撇下一个女孩，由爷爷奶奶带着。紫秋有一位已经出嫁的姐姐，但姐姐和婆家一起住，关系不是很好，不让她管娘家的事情。所以，抚养小侄女的责任就落在紫秋身上。

分别处理好父母的后事上班，并没见她唉声叹气、丧眉耷眼的，还是带着浅浅的微笑，默默地在车间和技术室间穿梭，只是袖子上连续戴着的一块黑布，是那么的醒目刺眼。

长相漂亮的她，有许多追求者和好心的介绍人，她都是轻轻地摇摇头，微微一笑。后来她和外单位的一位小伙子处上对象。那个人我见过，身材不高，和紫秋站在一起，个头差不多，也是单细瘦弱的身材，五官一般，没有男子汉高大威猛可以被依靠的感觉。据说，他有家庭背景，他的伯父是当时某省的省委书记。所以，紫秋结婚两三年后，就从纺织厂调走，调到了市政府的税务局，当了一名公务员。

记忆中那年的秋天是伴随雨水降临到世上来的，纷纷扬扬的细雨从早到晚飘飘洒洒缠缠绵绵，像怨女的眼泪。到处都是湿淋淋的，屋里的家什生了霉，散发出怪味。石阶上长出了苔藓，不小心就让人滑一跤，泥土也被雨水浸泡得肿胀，一踩一个深深的泥坑。

第二天早晨起雾了，影影绰绰一层纱帐罩住近处的房屋和马路，随后越来越浓，远处的景色都消隐在一片白茫茫的大雾里。

我在雾中走进班车的站点，紫秋带着他的儿子已经在站点等候，我家和她住在一片区域，坐班车是一个站点。小儿的长相很像他父亲，没有妈妈好看，深秋的季节冷冷的，她把儿子包裹得严严实实，穿戴得像个球。儿子的棉服全是紫秋自己做，在寒冷的深秋等班车时，我们聊起了天，她微笑地瞧着小儿说："他的脑袋很笨的，一道一位数的加减题，他就是算不出来。"

我笑道："不可能吧，你那么聪明，他能笨哪去啊。"

她笑道："真的，他就是特别的笨，脑子就是转不过来弯儿。"

大雾漫漫，班车晚点了，紫秋的脸上淡淡的，又道出心中埋藏已久的忧郁和心凉。

十几岁哥嫂的死去，二十几岁父母又相继离世。让她感到无比恐惧，尤其当她亲自料理父母的后事，亲手为他们穿寿衣，触碰到他们坚硬冰凉的身体，她说她感到了一种透彻心底的凉，这种凉一直折磨着她。她常想，失去生命的人，竟是这样的冰冷吗？那是让她在以后的记忆里，永远也挥之不去的凉。

她说她常常想到生命中的死亡，那种神秘与恐惧让她的内心充满着不安。生与死是人生永远无法回避又永远说不清的两大主题，这样困扰一旦形成，确是永远也无法摆脱的。

自那次以后，转眼十几年过去，她早已搬家离开，我也离开那个城市，就再也没有紫秋的音讯了。也不知道现在紫秋过得怎样，带着小侄女一起过生活的紫秋，心灵手巧、善良漂亮的紫秋，不娇气不认命有点忧郁的紫秋，你还好吧？

秋天，或黄或白或红。紫色秋天，确是不多见的。遇到与紫色的秋天有着同样名字，有着同样天高云淡神情和神秘忧郁气质的人，则更是不易。得遇，虽擦肩而过，虽匆匆而去，也实为珍贵一瞬。

一个紫色的秋天，会给人许多遐想。叫紫秋的女子，也真的让人在记忆中留下了像紫色秋天一样深刻的印象。

紫色的秋，兀自美丽着。叫紫秋的女子，兀自忧郁着。与她家的背景和世态炎凉的变迁有关。

# 鬼店

鬼店的真名叫鬼**がらし**，在日本是一家连锁料理店，我曾经在其总店打过工，所以感同身受地对鬼店及其"鬼员"有了一些感受和了解。

前些天，闲来无事，在网上搜到了那个鬼店（鬼**がらし**）依旧默然矗立在山脚路旁一隅，店里的人员也许早已物是人非。我想，那里肯定有一轮火红似血的落日热情奔放地与前方的大路热吻，肯定有一群似墨的乌鸦在那弥漫着离情别意的茂密山林中盘旋，肯定有那一季的樱花在店前院内绽放，漫漫随风飘舞，落英满地满怀。

**目光所及之处也许可以隔着岁月和它对语**

一直对这个店名的真正含义没有在意过，那时，我们都简称它为鬼店。

究其鬼店的原意，**がらし**是辣的意思，和鬼组合在一起就是鬼辣鬼辣的吗？其实这个店所经营的是大酱汤拉面，面条是特定地区供应的，底汤是由各种骨头、药材等多种原料慢慢煨制而成。

一碗里的面条和汤全是一样的，只是根据食客所需要的口味不同，放入辣椒粉的量有所不同，辣的级别就分为特辣、大辣、中辣、小辣和原味等几种。其面条上放上葱、蔬菜、牛肉片、虾、鱼肉等菜肴，对人们的胃口很具有攻击力，常常让人垂涎三尺。

鬼店除了拉面之外，还供应咖喱饭，专门放置在内侧一长廊小屋里，咖喱事先原味做好备着，待食客要吃它时，我们就舀上一勺咖喱在炒勺内，放置在燃气灶上热一热，根据食客的口味加上几勺辣椒面在咖喱里面，热好浇在盘中白米饭上即可。食客就坐在灶旁边的座位上，你所有的动作都在他们众目睽睽中完成。

号称是鬼店，店里的陈设布局风格就很特别，长长弯弯的走廊，晚上月光灯影从窗户外照射，地面上忽明忽暗薄薄地铺一层柔光，凭空生出许多情愫，引得陌生人莫名地悸动，在渐浓渐淡的余香间怅然若失。各种奇形怪状张牙舞爪长长的纯木桌椅临窗而设，人们边吃饭边赏窗外的夜色阑珊。

做拉面的操作间全部是开放式的，木墩制成的圆凳沉重地围绕着吧台，一袭白衣白帽的店员在里面潇洒地捞甩着面条的动作，外面人员可以一目了然。

店员根据客户的要求做好面后，由我们端给食客。吃完离开后，我们再收拾桌上的狼藉。打工人员穿着蓝白道和式工作服，腿脚在灯影绰绰、桌缝凳隙间生风，两手端着印有鬼字的长方形黑色木盘，盘里是叠加在一起的拉面汤碗，身子犹如蛟龙小心快速地来回穿梭游动着，嘴中还不时发出朗朗的招呼声：欢迎光临，您久等了，谢谢。

店里内侧套间挂着的门帘是带有日本特有黑白图案的阴阳八卦图，门一打开，微风而进，吹动着门帘，使店里有了一股阴森森的风在旋转的感觉。厅里一角靠墙处有一个很大的自动饭票贩卖机，橱窗内摆有各种拉面的样品及价格，由顾客自己投币来挑选食谱。

我是通过一位来自马来西亚留学生朋友的介绍，来到鬼店打工，其店的门面位置面向东方，紧邻国道，道路上的汽车来来往往，店面大大的玻璃窗，内外景色均能看得一清二楚。北面有一侧门，堆放各种物料，我们就在里面空当中换衣服。

道路的东侧是起伏不断的山峰，山上树林茂盛，山道犹如青蛇蜿蜒起伏盘向远方，零星的私家住宅院落隐藏在茂密的树林中，半遮半露地挂在半山腰里。草木中小鸟啾啁，云雾缭绕，山下果香弥漫，园艺芬芳，远眺近观犹入画中仙境。

## 五味杂陈的目光里也有欣赏留恋的成分

店里共四位正式社员，店长和夫人，还有两位正式店员。其他均为打工人员，有本市的大学生、高中生、在家闲着的大妈和国外留学生。

店员是一胖一瘦，一高一矮。瘦矮者未婚，二十七八的模样，下班换便装时无冬立夏头上都扣着运动帽，帽檐压得低低的，阴影落在多半个瘦削的脸上，显得有些阴郁和黯淡。经常骑一辆很酷很大的摩托车隆隆地消失在夜幕中。后来得知，年纪轻轻的他，有些秃顶，他表面上很有礼貌，经常不苟言笑。

胖高者是一位三十七八岁的中年男人，嘴上留着一撮仁丹胡须，身材有些微胖，眼睛半大不小经常眯缝着，看美女或是喜欢的猎物总是色眯眯的，带有暧昧的光芒。但和他身高相反的是胆子不大。

此人很热情，也很会关心人，闲暇时经常主动没话找话，嘘寒问暖的，从不端大架子，到吃饭时间（打工者的饭都是店员根据个人要求所做）有时特意在我所要的拉面上，放些很贵的虾鱼类，他的有意照顾在着实令人感动之中经常能体会到他的目光落在身上那种灼烫、温暖、柔软、压迫混合在一起的感觉。

鬼店周三是休息日，有一次周二打工，胖高者凑近小声道："优桑，明天有时间吗？一起开车去兜风如何。"我当时想都没想，马上摇头婉言谢绝。

在日本，就日本人来讲，人们总是彬彬有礼，服务礼貌周到，轻言细语地微笑和你说话，表面上完全是一位谦谦君子，但说来也奇怪，在某些方面却很开放和习以为常，比如店内摆放杂志里面许多是美女裸体照，这些食客经常边吃饭边翻看杂志，从脸上看没有一点难为情。

胖高者经常当着我的面在瘦矮者面前谈论他如何去夜总会之类的地方，如何和小姐鬼混，然后两人窃窃地笑，不以为耻，反倒是得意扬扬的，如自己有多大本事似的。我曾猜想他这样不检点，她的老婆一定是个丑八怪，但恰恰相反，她的老婆来过店里，是一位很俊秀贤惠的女人，在家里一心一意默默地操持着家务。

临回国前的一天，他开动面包车跑了一个多小时路程，带我们去太平洋海岸线的一个海滩游玩。站在海边，他指着太平洋的西侧方向说道："优桑，那里就是你的国家，国家很大，人口很多，有机会我也要去中国看看。"

分别之日，店长夫人最后一次给我开支，我忘记带印章了，胖高者主动请缨，说开车带我去所住的地方去取。他把店里一辆很高大的面包车开过来，很有礼貌地替我开门，我坐在副驾驶座上，汽车启动了。

当时是下午四五点钟，天空下着蒙蒙细雨，汽车开得很慢，并没有按原路直接走，而是拐上了东面的山坡，他说去看看一起在鬼店打工，现在家里休息的一位大妈的住宅是什么样子，大妈年龄五十几岁，嘴唇常常被涂抹得很鲜艳。对我也不错，时常照应着我。有一次，他的丈夫从美国考察回来，带回 12 支一盒的各色口红，拿到店里，让我任选一支要送给我。

汽车驶到大妈家门口，草木环绕着她家的住宅，前后小院里开满了各色野花。山里很寂静，偶尔传来几声乌鸦的叫声（那个城市乌鸦很多），雨水在细细飘洒着，使山林的一切处于雨幕潮湿之中。车子就停在山路上，我们并没有打扰大妈，只是在她家门口停滞了约二十几分钟，我们坐在驾驶楼里默默无语地注视着眼前的一切。过了一段时间，他说，"优桑，我们这一分别，也许这辈子就再也见不着面了，和你在店里相处的这一段时间，我们都很愉快，回国后一定要保重哦"。我忙着应答着"好的好的，你也要保重……"最后他不情愿地启动车子，朝着我所住的市营住所方向开去，取回印章返回到店里。

事后一段时间，我的心情久久不能平静，总的来讲，在异国他乡，能有人关切你，欣赏你，而且对你的离开是那么恋恋不舍和伤感，这一生中能有几人。有时我会想，当时我应该给他一个拥抱，以此来谢谢在鬼店打工期间他的特别照顾，以此来作为我们这辈子人生旅途中相遇永别后的美好留念，但我什么也没有做。

人生就是这样，路途中我们会遇到此人或彼人，有的善良，有的很关心你和欣赏你，相聚或相处都是彼此匆匆浏览一下，一闪而过，甚至未来得及细读其形貌，更不知其命运，就那么擦肩而过或擦目而过，一别永恒。

**冷冷的目光里流露出来的却是眷眷不舍**

店长是一位脸儿白净，身材干瘦，不太高，六十几岁，但看上去像四十几岁的中年男子，带有文质彬彬的气质，脾气很好，不太爱说话，对店员或是来店里打工的人员（本国的大学生，高中生和外国留学生）总是客客气气，从不指手画脚地指使谁。他越是这样，我们就越自觉地干好自己的工作。

店长的夫人比店长小十几岁，长得很漂亮，脸上时常露出羞涩可爱的红晕。除了特殊工作调派外，也是不言不语始终一起微笑地干活。店长是晚上和周末的班，夫人是常白班，两人轮换工作，照应着鬼店的一切事务。

在鬼店打工的日子里，起初并没有感觉店长对谁有特别的关心，他的眼光总是漠漠的，冷冷的，时而打个照面也是默默无语。其实他的关心都是隐藏在心里，暗地里照应着一切。

从听说我要回国，他暗地里安排他的店员开车带我们去海滩游玩。

随着回国日期的一天天临近，店长的心情也跟着紧张起来，他曾多次讲过，不回去行吗？就在这店里工作吧，可以收你为社员等之类的话语，言谈话语中透出不舍和伤感的语气。

有一天休息，他穿上很正统的西服革履，显得很干练和潇洒。开着小车接我们去一家有名的日本料理店吃饭，边吃边说着一些琐事见闻和留恋的话，一改平日里不苟言笑的样子。

饭毕又一起到所住的地方，坐在家里继续叙谈，车的后备厢里装满精美的陶器以作为留念，因为太沉没有要，只留下两件作为纪念。

叙谈后，又开车带我们去超市，自掏腰包买些纪念品送与我们。还多次挽留说，能不能在日多逗留一段时间，就这样走了，以后再见面就难喽。

最后几天，他带领店里的全体人员，请客吃涮火锅，开欢送会欢送我们。

走出饭店又恋恋不舍地邀请我们尽兴去唱卡拉OK，他动情地唱了一首又一首，歌声很美。我当时磕磕绊绊地用日语唱了一首《花》，他很是感叹和惊讶，我们一起把这首美妙的歌曲唱完。

回国后不久，有一次他来电话，在电话里，他说：优桑，听着，我再唱一遍《花》：河水在流，你要流向哪里。人也在流，你要流向何方，在那流淌停止的地方，有鲜花，作为鲜花，为你开放。哭吧，笑吧，那一天，会有一天，你会鲜花怒放。

### 淡了情缘浓了思念的鬼店情

时光渐渐淡去，而能留在记忆里的，不过是那些欣赏的目光，柔软的目光，关切的目光，智慧的目光。当我们记起某种情感时，回忆的筛子就在意识的深海打捞起一缕一缕目光，于是我们记起了目光后面的某一双眼睛，温柔的，潮湿的或热烈的。

鬼店，在貌似很恐怖氛围之中，感到的却是浓浓异国情调的友情和友谊，在店里打工的那段时光，你的大气，你的热情，你的友爱，你的目光如细雨清凉淋洒，如纯棉温暖包围，如夜灯光明如昼，如妩媚的青山，如雨后的草叶。

可爱的鬼员们，十几年过去了，渐渐地我们已经没有了彼此的一点消息，留在我心中的，只有那细细的小雨，绒绒的雪花，纷纷的樱花和浓浓的异国友情，它将永驻在心间。

当我们记起某些往事时，一些事件已经淡成云雾，但是，隐约在事件上空的那些友爱关切的目光，往往如同闪电，已经扎根在过去的夜幕上。

那些日子的目光，如宝石珍珠，存放在内心最重要的房间，偶尔会在静夜中抚摩它们，回味它们，被它们再次照拂，同时又无法再次回到那些眼睛面前，表达谢意和敬意，而感到遗憾和痛心。

十几年前的烟花春梦，如今已经失散跌落在遥远的记忆中，暗淡了情缘渐远渐行如月光一泻千里。人心是不能跟记忆相逢的，下一个事件，抑或有下一场相逢，而人生已时过境迁，然而，在身体的内部，在那看不见的记忆的岩层里，收藏着，沉积着层层叠叠的思念，浓了的思念付于笔墨，呈现在文中。

# 不要让孩子哭了

一条斜插城市中心的铁路消失了，没有留下一点痕迹，被平坦坦的水泥路抹去了印记，把行走在上面的影子也抹没了，路两侧生活的记忆也逐渐抹淡了。

铁路是专为空军机场运输汽油铺设的，近几年，空军机场搬走了，铁路就废弃了，留着它碍机动车的事，所以就消失了。

小时候，这条铁路穿过我家居住的小区。从城市西北角以约 45°角插入城市中央地带，蜿蜒伸向东南方向，无数次，我看着那条延伸到远方的铁轨，想着它能到多远的地方。几十年来，路两侧的人家，伴随着蓝天上的飞机一架架隆隆地飞过，运输汽油的火车在铁路上悠悠地开过来，慢慢地吐着气，偶尔会鸣起长笛提醒路边纳凉的人们注意。

结伴或孤行，一个人踮着脚在窄窄的铁轨上走，走到很远的地方去上学，然后再沿着这条铁路数着枕木放学回家。阳光很好时，温暖、芬芳，把铁路上的小石头烤得发热。阴天下雨时，踩在潮湿的枕木上，鞋子不会轻易被污泥弄脏。

铁路北侧有一个圆形湖，说是湖，其实是煤渣滓坑，据说是挖得太深的缘故，把地挖漏了，地下水就从下面冒出来，深不见底，里面的水是活水，很清澈，走累的时候，微风吹来，就常常坐在湖边盯着水面上的层层涟漪发呆，处于沉默或者不说话的状态。或者和玩伴嬉笑着，向水面上扔铁路上的小石子打水漂，石子在水面上跳着舞飞向湖心。

随着岁月的变迁，铁路两侧的人家也在不断地变化着，路两旁的低矮的街巷被耸立的高楼所替代，弯弯窄窄的生满花草的小路，被崭新的柏油马路所覆盖。

在我居住地段的铁路东北侧边，有一个暂时存放垃圾的车斗，从北片小区里拉来的垃圾装入里面，然后，由垃圾车拉走。垃圾斗前，时常出现一位上了年纪的清洁女工，从憔悴的布满皱纹的脸上看，有 65 岁以上的年龄，瘦瘦的身材，个头 1.5 米左右，佝偻着腰身，每天把小区里的垃圾铲入车中，运送到垃圾斗中。

一天黄昏，夕阳西下，我带着两岁的儿子，从菜市场沿铁路回家。走过一段路，在昏暗的路灯下看见她正用尽全力推着一辆笨重的清洁车，车子太重，以至于整个身体都压在车上。瘦小的身躯影影绰绰地在垃圾斗的周围移动着，干着和她的体力极不相称的重活。

我双手拎着两大袋沉沉的蔬菜和水果，躲着从她那里飘来的浓浓的味道，想尽快从那里走过。小儿刚学会走路，我想让他独自走，以减轻我沉重的负担，可是他就是耍赖要抱，哭闹着蹲在铁路上不愿再走一步。我狠下心，就是不管他，任凭他在那里哭闹，径直沿铁路向前走，走了一段距离后，突然听到身后传来喊叫声："不要让孩子哭了，不要再让孩子哭了！"

声音从垃圾旁的老太太那里传来，在她的催促和呵斥声中，我无奈地把小儿抱了起来，儿子挂着泪水的小脸露出欣慰的坏笑。小儿不哭了，但作为母亲的我哭了，为了做母亲的辛苦。小儿是在不懂事的年龄，他这样做只是为了撒娇和寻找被疼爱的感觉，他才不管你的双手里的东西是什么。

　　清扫垃圾的老人，也是一位母亲，他的孩子应该都已经成人，一定到了反哺的年龄，应该已经过了不懂事的年龄，但为什么这位母亲却还在为子女或自己操劳着。也许，她有她的苦衷，本应该享清福的年龄，却干着又脏又累的活，难道她也是为了不要让孩子哭吗？

　　不要让孩子哭了，这是天底下伟大母亲的心声。可是成人后的孩子，能否也喊一声，不要让母亲操劳了，母亲并不是不会哭，该流泪的时候，她们不会蹲在铁路上耍赖地哭，她们隐忍着，生生地把泪水压在自己心头中。

　　她们的身躯犹如这消失的长长的铁路，任凭生活的艰辛负担在身上驶过。她们的身躯犹如这消失的沉沉地载满重物的火车，慢慢地向前走着，偶尔发出几声长鸣，并不是自己的哭声，却是提醒着子女注意安全，好似喊着：不要让孩子哭了。

# 痴人呓语

到哪里了，不知道，像一部撕去前几页的小说，只能从中间读起。

恍惚是荒芜的冬季，郊游的最后一天是自由行，可以去一个风景优美的地方，她想去，但独自一人，没有熟悉的人陪伴，就随陌生的人群一起爬上了一辆解放牌大敞篷汽车，七拐八拐到了一个地方下了车。

这个地方怪石嶙峋，呈梯田状，空旷的视野里，人群零零散散地站在矬矮的秃石林上，向远方眺望，周围是叠峦起伏的山石，呈深灰色的簇簇山石上没有一棵草，是云南的"石林"吗？好似又不像。众多小山围绕着大山峰，那个大山峰很像日本的"富士山"。突然"富士山"冒起火来，是火山爆发了，火近在咫尺，火焰迎风飞舞，人群在欢呼雀跃。

她半蹲在秃石尖上举着相机对着火山拍照，一会儿，侧脸看看自己站的地方，后身就是一座类似的主峰，周遭昏暗一片，只听见肃杀的风声，她暗想这个主峰不久也将会火山爆发了，心脏激烈地跳动着，似乎要破裂，吓得她赶紧逃离。

转身到高一阶梯田似的乱石岗，去拿放在那里的军用挎包，可是不见了，暗想是被人偷走了，坏了，包内有手机、钱包和各类卡及身份证等。失望是至为沉痛的事，因你觉得在这个世间无所依傍，用右手握住左手依旧只是觉得寒冷，心焦且无奈。

回到了家，早晨醒来，她发现自己睡在一个像厨房的卧室里。突然想到，身份证还未挂失，昨天在景区附近的银行存了一笔款，那个贼是否跟踪了她，偷窥了她在存钱时的一切动作，知道了她设的密码。没有存单可以报失吧，也许拿着她的身份证把那笔钱取走了。

她急忙展开存单，寻找银行电话，终于在一角找到了一行模糊的电话号码，但看看表还不到 7 点，银行还没有上班，就决定去一趟。她边穿衣边对妈妈讲"我去把身份证挂失，顺便去银行看看"，妈妈打岔道："不用再买东西了，家里什么也不缺。"

骑上一辆自行车出发了，崎岖不平的道路上铺满冰凌凌白雪，很滑，骑到半路，突然有一骑车人逆向而来，她闭眼冲了过去，两车险些撞在一起，车子滑了一个 S 弯又继续往前骑。又有一辆黑色小汽车钻来摆去逆向而来，自行车在汽车旁侧滑了一下，又躲过了。

到了十字路口左转，路口的三角地处有一位杵着拐杖的白胡子老头在举手投足地晨练，终于到了那个要去的地方时，天黑灰灰的一片，警报声突然响了。

梦碎了，醒来。原来是闹钟响了，她拍拍脸朦胧地想起自己是做了一个梦，很庆幸自己的包没有丢，身份证也不用去挂失。尼采讲，"人要么永不做梦，要么梦得有趣"。这个梦一点也不有趣，心头略微有些钝重，木讷地收拾一下上班去了。

# 带伤疤的向日葵

你，又来了。

这次是子宫全切。第一天手术，第二天你就要像章鱼似的拉扯着几条管子下床活动，你望望窗外的太阳，喃喃说，还有活儿等着我干呢。

还记得吗？三年前这个时候，你来了。

你一只眼视网膜脱落，我开车带你跑"同仁"又跑"北三院"，终于保住了那只眼睛，哪怕是向着太阳只看到一丝丝的光，你的脸上还是露出灿烂的微笑。但我却看着你流泪，因为这只眼是被人打的，你却说是自己不小心碰的。

你，曾经营过几处百货大楼几度风雨几度辉煌，各种奖项和优秀誉满全身。现因种种原因又负债累累，为了生计和还债骑着三轮车卖服装摆地摊，用一只高度近视的好眼，一面照看衣物一面瞄着城管而随时准备四处逃窜。但无论是世道黑暗还是命途多舛，从未听你叹过气，看见你蹙过眉，总是微笑对看见的人说，今天又挣了不少。

你，曾因经商问题执着地打官司而以失败告终，你的过去有着不可思议的传奇。

你，曾在事业辉煌时，执意和军官丈夫离婚，嫁个在社会逛荡嗜烟酒如命的无赖，最后以眼睛被打瞎肋骨被打断为代价而结束，但你至今没有说过那个无赖一句坏话。

你，曾怀上二胎五六个月时，被计生办追赶着去医院，却在交费窗口悄悄逃走，这样，惹急了计生办，出邪招把你父母家值钱的东西统统搬走，来逼你回来投降。最终，你瘪着肚子回来了，七个多月的胎儿至今是个谜。

你，在常人看来，干了许多惊天动地的事情。无论怎样，你总是善待别人。你记忆超好，眼神不好，电话号码随口既出，欠别人的钱，记在心里一清二楚，别人欠条已丢，你重写一个补上。

商场的失利，情场的失意，官司的失败，身体的失缺，你的微笑并没有失去。有人说，男人嘴大吃四方，女人嘴大吃家当，难道因为你嘴大，所以命运不济。但你说嘴大的女人有许多，好多耀眼的明星嘴就大。

葵花向日枝枝似，萱草忘忧日日长。命运在泥淖之上，生命灿烂如花。如果我说你是一棵带伤疤的向日葵，你一准会不可思议地转过身看看我，说："我的伤疤在哪儿？"

**黑暗不是我生命的颜色，我只是在经历黑暗**

# 你的喷嚏打在我的袖子上

　　那天车限行，早晨坐公交车去上班，顺着潮水般的人流鱼贯而入上车后，在沙丁鱼罐头般摇晃的车厢中，我想为自己这条鱼找到一个能够舒适地站着且能均匀呼吸的地方。

　　东堵西斜南挣北站中来到两车厢交接处，稍许屏神定气后，首先要安放好自己的双脚，保证既不能踩到别人，也不能垫了他人的脚，我摆出了一个练武功的功夫步，撇丫耸脚绷腿抓牢地面，昂首瘪胸站在四面楚歌的人墙围城之中。

　　车突然一刹车，表情木讷的人们随即涌现出前仆后继之势，左膀右臂撞出火花后，惊魂未定的我觉得只有处于三点一线，身体才能安稳平衡，于是继续考虑手应该放置在何处。放在别人的身上找扁，放在人家的兜里找抽。透过人头攒动的缝间，一眼瞄上了不远处一黄色竖扶杆，居然有一小截地方可以放上一只手，好似在大海飘摇中忽然看到一枚定海神针，胳膊似蛟龙般绕过人群缝间手指紧紧盘住了它。

　　身体平衡得到了保障后，继续安排眼睛的目光应该落在什么地方，盯看人家不礼貌，这一点不符合五讲四美的原则；窥视人家短信不道德，有悖于八荣八耻的条规。眼观六路寻觅，目光落在手风琴折叶般车厢交接处，或倚或靠的人群后面有安全提示"请勿倚靠"，我不断地与这四个字相面，好似幼稚园孩童刚学会识字般反复默诵。

突然，阿嚏，一声雷鸣般的炸响，右侧一个小伙子一个喷嚏，似雨瓢泼而下，不偏不倚地喷洒在我拽杆胳膊的袖子上。上帝保佑你！额滴神！看着我的遮涕挡菌的袖子，看着小伙子的一脸赧颜，真是无奈也无言。也难怪，我扬起的胳膊离他脸孔几乎就是零距离接触。

人们前胸贴后背地晃荡着路程，一站挨着一站地停启，耐心的售票员不断人性化地叫喊："请大家往里面走，里面空间大着呢（其实里面的人早已复制成了相片），大家不容易，都等着上班赶点呢……喂，后面的那位同志，把您的脚再向里挪一挪，再向前用力挤挤，这样才能把车门关上，好，谢谢您的配合。"

我明白了，地球人都知道了，人们为什么宁可堵车也要买车了。

坐在自己的车中，可以找到任尔东西南北风、我自岿然不动的感觉，可以独吸其空间的流动空气，没有别人的隐私来勾引你，没有别人的口水来湿润你，虽堵犹乐，虽堵也安。风声雨声、嘈杂市井声，声声入耳统统拒之车外；甲流乙肝、病菌艾滋病，疫情入侵统统可避而远之。

不用共享彼此手机的通话声和短信内容，不用抢占千人窥万人坐过的稀罕座位；不用在密集狭窄空间，呼吸着彼此呼出的气体，不用怕体肤亲密接触，可以真正讲究男女授受不亲；不用怕自己的钞票财物被别人顺手牵羊带走，不用嗅闻彼此的体味、香味、汗味或臭味；不用悉数别人脑后的根根白发或星星头皮屑，不用怕色狼在有了用武之地动作之后，堂而皇之地逍遥法外。

堵车、限行、油费、停车费、各式保险税费等不断地水涨船高，照旧不能阻挡人们购车的狂潮，这股狂潮又是有力地推动经济增长的重要指标之一。

随着地球气温的逐渐变暖，恶劣的环境加剧，国家又三令五申地提出节能、环保，提倡多乘公交、地铁出行，把乘车费降到几乎白坐的 0.4 元来鼓励人们少开车。但没有好的乘车环境，一切一切宣教的作用将等同于零。

堵车，习惯了，任何事物皆如此，一切习惯成自然；堵车，麻木了，听听久违的音乐，急出病了活受罪；堵车，正常呀，这就是经济增长生活提高城市繁荣的标志；堵车，没办法，现代技术还未发明人能长出一双翅膀飞翔；堵车，就堵吧，总有疏通和到达目的地的时候。

但是，在疏通和到达目的地之前，我暗自筹措。什么时候你的喷嚏打在空间，而喷不到与你不相干的我。

## 你看你看阴郁的脸

你看你看忧郁的脸，每当康苍白着脸向我走来，就想起这句话。

康是他的名字，但具有讽刺意义的是，其实他不健康，他有抑郁症，好可惜呀，初次见到康时我内心发出这样的感叹。

康是一名神经外科大夫，三十几岁，正是风华正茂年轻有为的时期，但抑郁这种疾病已经缠绕了他二三年了。据说，他得病的起因是由于一次给艾滋病人手术中，病人的血突然喷洒了康一脸一身，血不慎溅入眼中。虽然事后身体检查无大碍，但康却陷入恐惧的深渊中不能自拔，无法形容的忧郁，在他的脑海里投下了一片灰蒙蒙的阴影，灰得就像将要下雪的天空。

他开始磨叨，每天心神不定地无法工作。康在安定医院住过院，虽病情有所好转，但过去一段时间又恢复原状。他每天吃着药却收效甚微，照样钻牛犄角。遇到熟稔的同事，屈身凑前就他身体状况屡问不止，探寻不断。刚给他解释完，一会儿又开始反反复复地探寻，犹如一头蒙着眼罩拉磨的小驴，绕着磨盘转着圈圈就是走不出来。

他常常悄无声息像只猫似的走路，突然会停下来独立沉思许久，旁若无人地苦思冥想着他的问题，头脑深深陷入迷惑中。他的内心一定演奏着

146

一首无比忧伤的曲子，而他此刻也被这样的旋律缠绕着。

他是独子，父亲是军人出身，对其很是严厉，母亲却对他宠爱有加。有一句话说，对世界而言，你只是一个人，但对某个人而言，你是整个世界。康是妈妈的整个世界，但这个世界随着妈妈的过世也随之坍塌了。康好似在一条狭窄漆黑的小道上走着，走不到头，永远游荡徘徊在那里不能冲破抑郁雾帘走出。

从母亲去世后，康的心结，无法诉说，无法解脱，就这样地，作为医生的他不能给病人看病做手术了，只能暂时被安排在附属部门工作。

同事常常看他发呆、沉思，苍白的脸越发显得瘦消羸弱，眉目疏朗很有作为的一名医生，不能再解救病人的疾病，自己就这样抑郁了。

曾读过毕淑敏的《切开忧郁的洋葱》，文中讲，忧郁是一只近在咫尺的洋葱，散发着独特而辛辣的味道，剥开它紧密粘连的鳞片时，我们会泪流满面。

自然界的风花雪月，人生的悲欢离合，从"侬今葬花人笑痴，他年葬侬知是谁"的喟叹，到"一朝春尽红颜老，花落人亡两不知"的凄凉，忧郁如同一只影子，忠实而疲倦地追在人们的身后，驱之不去。

如今，生活的压力和社会竞争力的激烈，忧郁成了传染的疾病，且愈演愈烈地转变为精神疾病，"抑郁症"已经如同甲流病毒一般，在都市悄悄蔓延流行。

忧郁像雾难以形容。它是一种情感的陷落与低潮感觉状态。它的症状虽多，但灰色是统一的韵调。冷漠，无聊，厌食，退缩，嗜睡，无法集中注意力，厌世，缺乏自信，甚至到自残自杀。每一片落叶都敲碎心房，每一声鸟鸣都溅起泪滴，每一束眼光都蕴满孤独，每一个脚步都狐疑不定。它们像蚕一样噬咬着健康的心，重重叠叠的愁丝似蜘蛛网一样，将身体裹得筋骨蜷缩。感觉每个相似的冬天，都渗透着刺骨的寒意，和阵阵逶迤而来的忧郁气。

《圣经》中讲："今日乃主所创造，生活在今日我们将欢欣高兴。"真正令人忧郁的不是今日的负担，而是对昨日的悔恨及对明日的恐惧。悔恨与恐惧是一对孪生窃贼，将今天从你我身边偷走。

凡有人类生存的日子，就有忧郁存在，虽然我们不喜欢，但我们必须学会与忧郁共舞。

人生短暂，倏忽凋零，岁月易萎，转瞬消逝。我们的生活，要像水一样流淌，遇到攀不过去的山，就学会转弯绕道而行，借势取经。即便流动过程中遇见了深渊，即便暂时遇到了困境，只要我们不忘流淌，不断积蓄活水，就一定能够找到出口，柳暗花明。

# 月下奇葩

　　月亮，一轮人间的圆月，在那一夜晚升起。它单纯优美的外形，皎洁柔和的光辉以及不可企及的高度，给人们带来了永恒的遐想。那一夜月亮很大，轮廓圆滑饱满，有如人类的宿命，一切完好无损。

　　一位年轻女医学博士，光着身子从值夜班的病房中跑出，如梦游般在医院月影斑斓的院子中疯狂地起舞，她的脚在闪光的雪地上旋转，一缕缕垂落下来的头发被风吹乱，遮盖着因恐惧而变形的脸颊。阴郁的眼睛仰望着清凉的夜空，那丰饶银白的光线时而射向远方，时而随寒风慑到近前。圆月在秃枝树丫中探出苍白的脸儿，很美、很孤寂地瞧着这一切。灌木丛中的几只流浪猫被吓着了，惊慌地叫着四处逃窜。

　　博士疯了，她得了狂躁症，生活中的压力犹如泰山压顶使她精神崩溃，同事们私下同情地议论着。她是一位重点大学的医学博士，毕业后毫无悬念地到医院参加了工作。印象中的她，脸上常荡漾着灿烂平和的神态，身上透出清秀儒雅的气质，言语谦和稳重低调。她工作不久就结婚生子，可谓是一切顺风顺水羡煞世人。我惶惑了，这位女博士在阳光下影子里面所有的谜要比一切宗教的谜更多、更深奥。

　　她是被月亮打击的"癫狂者"吗？我在为她对号入座。

17 世纪欧洲视觉艺术作品一幅画中，大滴大滴的月亮的尘埃落下，砸向五个月狂症的女人，她们向上舞动的手臂，仰起脸在虚无的光颗粒中嗅到自己的气味。裸露的胴体的弧线流畅迂回，构成一处处隐秘的花园。她们躲闪，迎击着，觉察着来自月亮的责罚，周身的每一丝肌肉都在抵抗着来自月亮的拥抱和束缚，舞姿放纵而又放浪。

同样是月下，同样是女人，相隔数代，命运又是极其相似，女博士走进了画中与她们月下共舞。

狂躁症就是"疯了"，它意味着什么呢？

小时候，遇到过疯子，他（她）衣衫褴褛，脚步迟缓，涣散的眼神空洞和疲惫地目视着一切，脸上的表情丧失了悲喜。他（她）常常走失在如混沌迷雾的世界中，从白天到夜晚不停地改换栖居的角落，街道或垃圾场旁边有他们蜷缩的身影，捡拾发霉腐臭的食物，嘴角流出发黑黏稠的涎水。孩子们哄笑地围着喊着"疯子"，从暗处飞出一颗石子，暗红色的血顺着额头淌下来。他（她）远远地走过，宛如一幅破碎了的风景。

压力是一切起因的罪魁祸首，忧郁是一种死于经验的先兆，还有什么比一个忧郁的人更让人忧郁的呢？疲倦，消沉，软弱，焦虑和易暴怒等，如洪水猛兽般侵蚀着我们的心灵，消减着我们的快乐，使世间一个个脆弱女子，或香消云外，或思维处于自我混乱之中。聪明的大脑能战胜一切学问难题，却调控不好自己的处世之道。仰望众多人的脸，那凡人的脸被内心的悲欢无数次修改，早已改变了模样。我们渴望有什么来拯救自己的厌倦，从厌倦中抬起头，和太阳说话，或是像云朵一样在蓝天里自由舒卷。

风停了，群星暗淡了，一轮金黄的月亮正从鬼魅的楼群中探出脸。缄默独自静坐，常常会感到同样的一幅画面正牵引我脆弱的身体奔向月中。我转动身体，缓缓抬起了手臂，月亮就挂在头顶上方，伸手可及，带来一种奇异的冰凉。

# 为了"末日"的纪念

嗒嗒嗒……嗒嗒嗒，不知从哪里传来的声音，把我从梦中敲醒，侧头看看时钟已是早上9点多，噢，今天是冬至，隔壁的声音应该是在剁菜包饺子。

起床，掀开窗帘，难得的好天气，太阳明晃晃的，挂在天空，房顶地脚敷着一层耀眼的白雪。昨晚还是雪花飘飘，雾霾一片锢罩着大地。

看镜中的自己，乱发，眼神带涩，嘴唇泛苍，眼窝暗灰深凹，如恹了的昙花。

或因是一个特殊的日子，休息一天以示纪念。昨夜翻看"游子吟"直到凌晨2点，那是解读有关《圣经》的一本书。有一句："人若赚得全世界，赔上自己的生命，有什么益处呢?"基督信徒笃信人类天生有原罪，须等待上帝的审判。

记得在虹影《饥饿的女儿》中，有一首也许是赵衡毅的诗是这样的。

在灾难之前，我们都是孩子/后来才学会这种发音方式/喊声抓住喉咙，紧如鱼刺/我们翻寻吓得发抖的门环/在废墟中搜找遗落的耳朵/我们高声感恩，却无人听取/灾难过去，我们才知道恐惧/喊声出自我们未流血的伤口/出自闪光之下一再演出的逃亡/要是我们知道怎样度过来的/靠了

什么侥幸，我们就不再叫喊/而宁愿回到灾难临头的时刻

　　按玛雅历法，2012 年冬至是其 5125.37 年轮回，2012 年 12 月 21 日夜幕降临后，第二天太阳将不再升起，地球将迎来末日。玛雅人认为，在每一纪年结束时，都会在人类生存的家园上演一出惊心动魄的毁灭悲剧。

　　炙热的熔岩，断裂的大地，摧枯拉朽的海啸，几近毁于一旦的人类文明，这是好莱坞电影《2012》中描述的末日图景。

　　我曾幻想，如果大地断裂，几百年或几千年后，我是否会变为古化石；如果海啸，我是以怎样的姿势飘在水面上，是否如虹影小说中所描绘的那样，淹死的女人仰面躺在水面，男人却是俯身在水面；如果是炙热的熔岩，那我将被熔为灰烬，永驻在黑色的岩礁里，如夏威夷火山口的黑沙或黑礁，灵魂在其上跳舞。

　　煜煜阳光动，欣欣客意宽。雪消田已润，霜重露仍乾。推开窗口，一股清凉寒意挤入，几缕阳光照进肺腑，暗淡的心情被阳光晒得暖暖的。

　　昨日以前连续的阴霾天气一片灰蒙，几日未看到太阳，加上天空不时飘下诡异的雪花，雪落在路面，被汽车轧得瓷实腻滑，方向盘像脱壳的灵魂没有引力，轻盈地跳着圆舞曲。

　　预报周六零下 15 度，是北京 30 年来最冷的一天。面对末日论，有人担惊受怕，有人一笑置之，亦有人开始懂得珍惜时间陪伴家人，我选择了独自面对。

　　生命的含义被编成一首歌或一个谜的话，除了外面的痛苦，还有什么能携带这歌声，解开这谜底？——纪伯伦如是说。

　　此刻的时钟，在诡秘与魅魔之间摆动。由于时差，北京时间 21 日下午 3 点 14 分 35 秒，中国才进入"世界末日"。天已渐渐暗淡并刮起了嘶嘶的风，我在祷告，为了这个承载了 70 多亿人类和不计其数不同种类生物的动人美丽的星球。

# Yesbuter

HEY，在外语方面，你应该进一步学习了。

YES，不论是英语还是日语，我都应该抽出时间来学习，特别是口语。现在国家都国际化了，论当前的形势，真应该是迫在眉睫了。BUT，我没有时间，有时间时又懒惰，没有压力没有自律，每天惭愧时间的虚度，却安定不下心来。

HEY，在职称方面，你应该进一步争取晋升了。

YES，到2014年，我就有晋升正高的资格了，若晋升，不单工资数额增长，级别也提高了。BUT，晋升又得写几篇论文，并且在核心期刊上发表，还得做科研，压力太大了，人到中年，如此牵强自己，觉得太累了。

HEY，在饮食方面，你应该改一些了。

YES，我早餐不吃，中餐凑合，晚上无论是正餐还是零食却大吃特吃，而且吃饱倒下就睡。这种饮食习惯有损于身体健康。据道家讲，下午5点以后就不进食了，乔布斯说 stay hungry ，为了养生为了身材的匀称应该改改了。BUT，晚上没有什么正事，除了看电视看看书就是吃零食了。

HEY，在锻炼身体方面，你应该注意一下了。

YES，今冬虽然偶尔泡泡温泉，游游泳，瑜伽以前练过2年，于身体和心灵的调养都有很大的帮助。后来停了下来，半年前又买了多张光盘，以备有空来练。BUT，至今还未行动，总是今日拖明日，明日想后日。

HEY，在诗词方面，你应该进一步了。

YES，诗词的格律从不懂到稍懂，做好一篇诗文，既能抒发情感又能陶冶情操，还能提高文学修养，我的好友芳和我一起起步，但无论是韵律还是文体，她都已到了炉火纯青的地步。BUT，诗文的规矩太多了，复杂费脑而枯燥乏味，就停滞不前了。

Yesbuter 来自古典的书《拆掉思维的墙》，古典是一个职业规划师，他曾经是新东方的英语老师，他创造了一个词 yesbuter，就是喜欢说 yes…… but 的人，就是喜欢说"道理我都懂，但是……"的人。

HEY，你就是 yesbuter，一个心里有雾霾的人，一个越来越懒散，越来越不自律，越来越安于现状，越来越没劲的人，有些事情明知行动起来于人于己都有好处，但就是不行动，因为不行动而懊悔和惭愧。

YES，星云大师说，心里不舒服而介意，谓之"气"，气生则神伤；胸中不抱残而奋起，谓之"志"，志立则神明。BUT，圣经上有一句话，Everything is meaningless（世间一切皆无意义），一个无意义的世间生活还有意义吗？

# 挤

周五上午，去市内开会，从东三环到西四环20多公里，不敢开车，唯选乘地铁。

> 铁打车厢肉做身，上班散会最艰辛。
>
> 有穷弹力无穷挤，一寸空间一寸金。
>
> 头屡动，手频伸，可怜无补费精神。
>
> 当时我是孙行者，变个驴皮影戏人。

> ——启功

早7∶30，走入地铁10号线，在劲松站候车，不一会儿，车载着一车沙丁鱼来了，我第一次加助跑地往上冲，居然弹了回来，真是心有余而力不足了。

弹回来我排到了前面，沙丁鱼车又来了，真快呀。这次没等用力就被后面的人竭尽全力推入车厢，感动之余居然发现我的手提拎包挣扎在前三四人之间，包，我呼叫着狠拽了回来，暗自窃喜，包质量就是不错哦。还好不是围巾夹在人群中，要不得勒死自己。早就听说，挤上劲松站是勇士，到了双井站（下一站）是烈士。唉，和平年代自己居然升级成为变形勇士，和革命烈士擦肩而过。

国外流行"抱抱团"给予陌生人"免费拥抱"的活动。北京地铁就是一个大大的"抱抱团"，只要相互间带些微笑，一定是一个很幸福的场面。

> 挤进车门勇难当，前呼后拥甚堂皇。
>
> 身成板鸭干而扁，可惜无人下箸尝。
>
> 头尾嵌，四边镶，千冲万撞不曾伤。
>
> 并非铁肋铜筋骨，匣晨磁瓶厚布囊。
>
> ——启功

不远处见一男一女，面对面贴着，不温不火地相互眨了三下眼，我默想如果三笑那就有戏看了。突然后侧处，一女对靠在一起的一男，无声地抽打一下他伸出的手，男人无言地缩回手。这两对是情侣还是陌路，我无聊地猜测着。

国贸站是换乘车站，下车人多，挤两站地后我要换乘 1 号线，挨肩迭背原地不动地等待着下车，右侧是一位一米八几的帅哥，我的右肩严丝合缝地镶嵌在他的腋下。到站了，我被前呼后拥地引下了车。

> 入站之前挤到门，前回经验要重温。
>
> 谁知背后彪形汉，直撞横冲往外奔。
>
> 门有缝，脚无跟，四肢著地眼全昏。
>
> 行人问我寻何物，近视先生看草根。
>
> ——启功

在国贸站，按照指示牌晕晕乎乎随人流脚跟着脚地迈着小碎步向前行进一段路程，来到 1 号线等车。

挤上地铁 1 号线，听到广播喇叭善意的提醒，车门附近的乘客请把你的衣物整理好，以免被车门夹住。

人都有"私人空间"的，就是我们身体周围一定的空间，一旦有人闯入，我们就会感觉不自在。人需要私人空间，对他人侵入这一空间，会做出各种反应，这种反应叫作"私人空间效应"。我敢保证这"私人空间效应"在挤地铁时绝对失效。

"人进去，相片出来；饼干进去，面粉出来。"这些形容北京地铁拥挤的夸张语言诙谐幽默，悲喜交加，北京"地铁族"已成为一支数百万人的庞大队伍。

耳边荡起熟悉的画外音：嫌挤？打车呀。现如今在早晚高峰期，打车上班至少等于请了半天假消费了一天工资；嫌挤？开车呀，唉，一次开车去一个地方，围着目的地周围停车场绕了两三圈居然没找到停车位，电话中被同行一顿痛批，未到会场灰溜溜地又开回了。

到天安门西站时人终于稀松些，缝隙中门玻璃上，隐约跳跃着一行字：出来混，跟逛商场似的，谁还没碰上过几个不靠谱的主儿？

i noh ss！w I，一定看不懂吧，笨啊，孩子！手机拿倒了！愚人节快乐！

# 灰

灰太狼是灰色的，对不？灰姑娘是灰色的，对不？

天空是灰色的，对不？河水是灰色的，对不？

4岁小女孩瞪着大眼睛不停地问，对还是不对呢？不费吹灰之力可作答的问题我却酝酿许久。

今冬到春，印象最深的颜色是灰色，灰沉沉的天空弥漫着灰蒙蒙的雾霾，灰头土脸的车辆拥挤在灰漆漆的路上，灰秃秃的树杈上站着几只小灰雀，灰耸耸的高楼上有一群灰鸽子扑棱棱地飞，灰朴朴的人群在灰色空间中往返穿梭成灰色轨迹，心灰意懒地哼唱着《2013年的第一场灰雪》。

灰，黑白之间的颜色，灰是成年人的心情，是时间和经验把人磨炼成灰色。

灰，不再那么非黑即白，不再那么非对即错，不突兀，没棱角。

灰，比黑隐蔽一些，内敛一些，朦胧一些，低调一些，不像黑色那么硬，那么鲜明刺眼。

灰，有"满面尘灰烟火色，两鬓苍苍十指黑"的沧桑；有"百岁如流，富贵冷灰"的感叹；有"炉炭灺消香兽暖，独拈香箸拨红灰"的意境；有"纸灰飞作白蝴蝶，泪血染成红杜鹃"的悲戚；有"破帽吹愁去，绕郊墟，残灰败壁，冷烟斜雨"的凄凉；有"落叶窗前已作堆，地炉微火拨残灰"的冰冷；有"百年一瞬息，万事皆尘埃。所以身后名，不如掌中杯"的觉悟；有"四害於身苦，人心竟不灰"的顽强；有"春蚕到死丝方尽，蜡炬成灰泪始干"的奉献。

灰，随着经济的高速发展而增长。空气污染，河海污染，噪声污染，土壤污染，心灵污染等，人的衣食住行处处笼罩在一片混沌灰蒙之中，失去了原本纯净的颜色和本质。

人的一生离不开灰，人生如朝露，白发日夜催。弃置当何言，万劫终飞灰。火之灭者为灰，物之污者为灰，心之蚀者为灰，人之陨者为灰。

溪流触石转轻雷，境静身闲万虑灰。春天来了，身着亚麻灰长裙，走入阳光透过灰，坐观山峦，长城的身影若隐若现，蜿蜒伸向天边，远远望去就像一条灰色的巨龙，盘旋着久远的历史，腾飞着深邃的智慧。

不远处，蹒跚走来一位皓首苍颜的老人，他的灰胡子垂到地上，脸上透出阅尽人间几劫灰的神情。只见他昂首向天，伸指弹去满天尘埃，扯云朵拭亮太阳。在灿烂的阳光的照耀下，他的胡子，悠悠地在瞬间变成了白色，是那种无瑕的洁白。

从今起，这万里长空将是镶着太阳的湛蓝桂冠。

# 馨香

北方的冬天，已是"飒飒西风满院栽，蕊寒香冷蝶难来"的季节。树木上的叶子，如老年人的头发变得越来越稀疏开始日日凋零，逐渐裸露突兀的枝杈，像是看破世事难睁眼的愚者，阅尽人情随风暗自点着头，灰色的空气沉闷而凝重。

医院西门隐晦的一角是停尸房，每天经过此地时，总是有殡仪车停在那里，家属边号啕哭泣，边摔瓦罐，焚纸后车子会慢慢启动穿过拥堵的路口驶向火葬场。如果不是在市中心地带，也许能见到乌鸦在积雪的旷野集体出动为他（她）送行的苍凉冬景。

前些日，当我踏着窸窸窣窣的落叶走到西门的时候，正好看到一对40岁左右夫妻模样的人，穿着沾满尘土黑灰色的衣服，像冬天里两只麻雀正在停尸房门口踟蹰游移。管理员探出头来问道，"你们是哪位的家属"，听到俩人陆续默道，"馨香"，然后管理员把他们带入门内。

我瞥了一眼，漠然而过，心里却暗自琢磨，两位是死者的什么人呢，看表情不太痛苦，是不是同事或朋友，也许最后再瞻仰一下生前的朋友和亲戚吧。进去后看到的死者应该是什么表情呢，一定是僵僵硬硬的躯体，冰冰凉凉的体温，苍苍白白的枯容，再也不是生前那活灵活现的形象了。

馨香，多好听的名字，也许是一位眼神流转如花般的女子。无论年龄的大小，无论怎样的死法，都已经花谢成絮，香陨魂散随风而逝。这位家庭成员的逝去，竟然生生地把温馨的家撕去了一角。

记得一位漂亮的小女子，因为婚变事件，有一段时期身心憔悴透支。一次，我们郊游回来已经很晚，站在西门附近等候其他人。那时，停尸房的门是开着的，黏稠般的夜幕下，内面泛着幽暗昏黄的灯光，狰狞般地要把夜咬出一个窟窿。小女子拽了拽我，我们俩挪到了稍远转角处不能目击到它的地方。

她幽幽地讲，"我们不要正对着它的门站着，不好。知道吗？有一次，我下晚班从这里经过时，突然，从紧挨我的耳根后，有长长的一声'唉'的叹息声，声音细微凄婉，气弱游丝，幽深难测，耸人耳膜。这是真实的经历，清清楚楚的，绝对不是幻觉"。

她边描述边在我耳后根旁做示范，我当时毛发都竖起来了，有一声叹息可以把人撕成两半的感觉。

她继续道："我当时惊悚得没敢回头，心慌腿软快步走了过去。回到家和妈妈讲，妈妈通过熟人带我去见了一位能破解的仙人，给我指点了一下注意事项和给了一个压惊符。好长时间以后，我才逐渐回过神来。"

死亡是所有人的事实，没有人能够逃避，惊慌也好，恐惧也罢，生命将会像雪花一样飘落，寂静无声。绝望与希望也会随之淡去，它将像晨风一样轻轻地将你拥起带走，耳边依稀响起温柔的声音，亲爱的，还记得吗？我说过在下一个路口等你。

仿佛听到朴树浅吟低唱着《那些花儿》，如今这里荒草丛生没有了鲜花，好在曾经拥有你们的春秋和冬夏。

# 秋来了

秋来了，她走了，调到了一个新的单位，别了老朋旧友，别了早已熟悉的岗位，别了习以为常的上班路线，走入新的环境，新的岗位，新的人群，去重新认识，熟识，对陌生人微笑。

秋来了，车走了，十几年的车，未跑多少公里，但到了该换的年限，还是被无情地置换了，临别前她抚摸车的方向盘说，老伙计，风风雨雨十余年，再见了，别恨我。

秋来了，已染灰尘多年不用的物品，一一清掉了，放置久了，占据着空间，成了一种负担，腾出的地方又被更新的物件填满。

秋来了，她去了京郊的"乐和仙谷"，雨后的天气清心凉爽，静得出奇的郊野里，一排排向日葵被砍下了头，泛青的躯干弯曲着，仿佛诉说着这一季的命运。

秋来了，夏日的炙热，别了。大雁整翅待南飞，斜行小草密复疏，菱花次落辞雨泣，枫叶飘红柿叶黄，过往已成回忆，不知不觉中，换季了，一阵凉风中，秋来了。

秋来了，独自去一个清旷幽远的地方，尽享无尽的黄昏。不乱于心，不困于情。不畏将来，不念过往。如此，安好。在边远的小客栈，品茗倚窗棂，时钟敲出微弱响声，像时间轻轻滴落。已然，静舒。此刻任世人皆不爱她，她也不会在意。